Zum Buch:

Gerade erst hat Laredo Smith seinen Job verloren - man hat ihm haltlos unterstellt, seinen Chef, einen hochangesehenen Rinderzüchter, bestohlen zu haben. Die Schmerzen in seinem Brustkorb, die Überreste seiner letzten Auseinandersetzung mit einem Bullen, der ihm vermutlich einige Rippen gebrochen hat, bringen ihn fast um. Und dann bleibt auch noch mitten auf einer einsamen Landstraße in Texas sein Pick-up liegen, meilenweit von der nächsten Stadt entfernt. Als endlich ein Auto hält, um ihn mitzunehmen, nimmt er das Angebot erleichtert an. Als die junge Savannah ihm dann auch noch eine Bleibe für die Nacht und einen Job für die Zeit anbietet, bis sein Truck wieder fährt, kann er sein Glück kaum fassen. Vom ersten Moment an fühlt Laredo sich zu Savannah hingezogen, doch ihm ist klar, dass er erst beweisen muss, dass er es wert ist, von einer Frau wie ihr geliebt zu werden ...

Zur Autorin:

Spiegel-Bestsellerautorin Debbie Macomber hat weltweit mehr als 200 Millionen Bücher verkauft. Neben ihrer Arbeit als Autorin führt sie den Wollladen »A Good Yarn«, benannt nach dem gleichnamigen Geschäft aus ihren Romanen, und ein kleines Café in Port Orchard in Washington, wo sie gemeinsam mit ihrem Ehemann lebt und schreibt.

Debbie Macomber

Heart of Texas – Der Himmel so frei

Roman

Aus dem amerikanischen Englisch von
Dorothea Ghasemi

mtb

Die Originalausgabe erschien 1998 unter dem Titel
Lonesome Cowboy bei MIRA Books, Toronto.

1. Auflage: 2021

Neuausgabe

Umschlaggestaltung: zero Werbeagentur, München
Umschlagabbildung: giulia186, JB Manning,
Sergiy Bykhunenko / Shutterstock
Gesetzt aus der Stempel Garamond
von GGP Media GmbH, Pößneck
Druck und Bindung von GGP Media GmbH, Pößneck
Printed in Germany
ISBN 978-3-7457-0191-3
www.harpercollins.de

1. Kapitel

Grady hatte sie gewarnt. Immer wieder hatte er ihr gesagt, die Geisterstadt sei ein gefährlicher, verstörender Ort. Er hatte sie inständig gebeten, nicht danach zu suchen. Und all die Jahre hatte Savannah sich an seine Bitte gehalten. Doch je eindringlicher ihr Bruder ihr davon abgeraten hatte, desto sicherer hatte sie gewusst, dass sie die Stadt finden musste. Schon allein wegen der Rosen. Die waren ihre Leidenschaft – vor allem die alten, vor 1867 gepflanzten Sorten, die man heutzutage hauptsächlich auf Friedhöfen und den Farmen der früheren Siedler fand.

Sechs Wochen lang war sie auf der Suche nach der Stadt durch das texanische Hügelland gestreift. Erst mit dem Pick-up, dann auf dem Pferd und schließlich war sie sogar zu Fuß und ohne Handyempfang in der Gegend umhergeirrt. Doch es war ihr gelungen – sie hatte die Geisterstadt gefunden. Bitter End. Was für ein seltsamer Name! Allerdings passte er zu der Stadt.

Wenn Grady von ihrem kleinen Abenteuertrip erfahren würde, würde er furchtbar wütend werden. So viel stand fest. In letzter Zeit lächelte er sowieso kaum noch. Immer schien er die Last der Welt auf seinen Schultern zu tragen. Doch diesmal würde er mit ihrer Entscheidung zurechtkommen müssen. Sie war nicht mehr das kleine Mädchen, das es nicht wagte, sich dem älteren Bruder zu widersetzen. Es würde sicher nicht das erste und auch nicht das letzte Mal sein, dass sie seine Warnungen in den Wind schlug. Sie konnte genauso stur sein wie er. Dieses Mal hatte es sich jedenfalls mehr als gelohnt.

Savannah warf einen Blick auf den Tacho und trat aufs Gaspedal. Wenn sie vor Grady zu Hause eintraf, würde er sich nicht ganz so sehr aufregen.

In letzter Zeit war er oft gereizt. Die sinkenden Rindfleischpreise und die Bewirtschaftung einer großen Ranch brachten viele Probleme mit sich. Das ging nicht spurlos an ihm vorbei. Dazu kam, dass sie wegen der Sache mit Richard nach wie vor Schulden hatten.

Savannah zwang sich, nicht an die grauenvollen Ereignisse zu denken, die nun sechs Jahre zurücklagen. Es war schlimm genug, dass sie ihre Eltern bei dem schrecklichen Unfall verloren hatten. Doch der Betrug ihres Bruders Richard würde ihnen bis an ihr Lebensende anhaften.

Grady hatte sich seitdem völlig verändert. Er hatte alles darangesetzt, die Yellow Rose Ranch zu retten, und dank harter Arbeit und seiner Hartnäckigkeit war es ihm gelungen. Doch es hatte ihn viel gekostet. Er hatte seine Jugend geopfert, um das Land behalten zu können, das sich seit Generationen im Besitz der Familie befand. Ihr Urgroßvater hatte es kurz nach dem Bürgerkrieg besiedelt.

Savannah hatte ihrem Bruder angeboten, sich finanziell am Unterhalt der Ranch zu beteiligen. Sie hätte ihr Lehramtsstudium jederzeit wiederaufnehmen und abschließen können. Die Schulbehörde in Promise suchte häufig Teilzeitlehrkräfte. Aber davon wollte Grady nichts wissen. Er brauchte sie auf der Ranch, und das akzeptierte sie. Sie erledigte den größten Teil der Büroarbeit, kümmerte sich um den Haushalt und hielt den Garten in Schuss. Trotzdem hatte sie immer das Gefühl, im Vergleich zu ihm viel zu wenig zu tun.

Um etwas mehr zum Einkommen beitragen zu können, hatte sie eine Versandfirma für Rosen gegründet. Nun warf ihre Firma endlich Profit ab, und darauf war sie unheimlich stolz. In den letzten Monaten hatte sie ihre Abende damit verbracht, einen Katalog und einen Onlineshop zu erstellen.

Was Grady ihrer Meinung nach brauchte, waren eine Frau und Kinder. Immerhin war er mittlerweile fünfunddreißig, und wahrscheinlich hätte er längst eine Familie gegründet, wenn er sich nicht voll und ganz der Ranch hätte verschreiben müssen.

Eine Familie. Die wünschte sie sich ebenfalls. Sie war einunddreißig, doch seit vier oder fünf Jahren mit niemandem mehr ausgegangen. Die Männer hatten normalerweise kein Verständnis für ihre ruhige Art und wussten ihre Charakterstärke und ihre Sanftmut nicht zu schätzen. Vermutlich gab es für sie einfach nicht den Einen, mit dem sie ihr Leben verbringen würde. Es spielte auch keine Rolle mehr. Sie war mit ihrem Leben zufrieden, denn sie hatte gelernt, sich an den kleinen Dingen des Alltags zu erfreuen.

Blühendes Habichtskraut und Zwerglupinen säumten die gewundene Landstraße, auf der sie fuhr. Sie liebte den Frühling, denn er verhieß wärmeres Wetter und neues Leben. Grady und Wiley, ihr Vorarbeiter, der schon so lange bei ihnen angestellt war, dass er fast zur Familie gehörte, hatten in dieser Woche bei der Geburt von vierzehn Kälbern geholfen, und noch einmal so viele würden in den nächsten Tagen das Licht der Welt erblicken.

Sie warf einen Blick auf ihre Armbanduhr. Hoffentlich kam Grady heute später nach Hause!

Seufzend fuhr sie um die nächste Kurve und sah dann einen Pick-up, der am Straßenrand stand und den sie nicht kannte. Das war ungewöhnlich. Normalerweise verirrten sich keine Fremden in diese abgelegene Gegend.

Der Wagen hatte schon bessere Zeiten gesehen und war ziemlich verrostet. Unwillkürlich fragte sie sich, ob dort irgendetwas nicht stimmte. Wenn sie nicht so in Eile gewesen wäre, hätte sie vielleicht angehalten.

Die Entscheidung wurde ihr jedoch abgenommen. Einige Meilen weiter entdeckte Savannah einen Cowboy, der einen Sattel über der Schulter trug und die Straße entlangging. Selbst aus der Entfernung sah sie, wie müde er war und dass er leicht humpelte. Als er ihren Wagen hörte, straffte er sich, verlagerte das Gewicht des Sattels und streckte den Arm mit erhobenem Daumen aus.

Obwohl sie noch nie einen Anhalter mitgenommen hatte, fuhr sie an den Straßenrand und stieg aus. »Ist das Ihr Pick-up, der dahinten steht?«

»Ja, Ma'am«, erwiderte er höflich. Er war groß und schlank und etwa in ihrem Alter. Den Stetson hatte er tief in die Stirn gezogen. Als er zum Gruß an den Hut tippte, stellte sie fest, dass seine Augen hellblau waren. »Ich wäre Ihnen sehr dankbar, wenn Sie mich mitnehmen könnten.«

Savannah war unschlüssig, obwohl sie ja angehalten hatte. »Ich fahre nicht in die Stadt.«

»Das macht nichts. Seit über zwei Stunden ist kein anderes Fahrzeug vorbeigekommen.« Er lächelte müde. »Ich hatte gehofft, dass es hier irgendwo eine Ranch gibt, auf der ich telefonieren und etwas trinken kann. Mein Handyakku hat den Geist aufgegeben. Ich bin schon den ganzen Tag unterwegs.«

Offenbar war ihm nicht klar, dass er sich immer weiter von Promise entfernte, das in entgegengesetzter Richtung über fünfzehn Meilen von hier lag.

»Ich wohne ungefähr zehn Meilen von hier.« Savannah deutete in Richtung der Yellow Rose Ranch. Sie wollte ihm gerade erklären, dass er sich noch weiter von Promise entfernen würde, wenn sie ihn mitnahm, als ihr klar wurde, dass er müde war und wahrscheinlich schon seit Stunden, wenn nicht sogar Tagen nichts Vernünftiges mehr gegessen haben musste. Also fasste sie einen Entschluss. Grady würde alles andere als begeistert darüber sein …

»Wenn Sie wollen, können Sie auf unserem Hof in der alten Blockhütte übernachten, und ich fahre Sie morgen in die Stadt.«

Der Mann wirkte überrascht. »Das ist sehr nett von Ihnen, Ma'am.«

»Ma'am« – er redete wie ein altmodischer Südstaatengentleman mit ihr. Sie lächelte und strich sich eine Strähne ihres langen blonden Haars hinters Ohr.

»Ich bin Savannah Weston.«

»Laredo Smith.« Wieder tippte der Mann sich an den Stetson.

»Freut mich, Sie kennenzulernen. ›Laredo‹ ist ein ungewöhnlicher Name.«

Er lächelte ebenfalls. »Eigentlich heiße ich Matthew, aber als ich klein war und wir aus Texas weggezogen sind, wollte ich einen Teil davon mitnehmen. Von dem Tag an habe ich nur noch auf ›Laredo‹ gehört.«

Savannah hatte den Eindruck, dass er nicht oft darüber sprach. Obwohl es albern war, fühlte sie sich geehrt.

Das Lächeln ließ seine harten Züge viel weicher erscheinen, und sie betrachtete ihn wie gebannt. Als ihr bewusst wurde, dass sie ihn gerade anstarrte, wandte sie schnell den Blick ab. Laredo Smith war ein Fremder, und sie musste vorsichtig sein.

»Wenn Sie wollen, können Sie den Sattel hinten auf den Wagen legen.« Sie ging nach hinten, um die Ladeklappe ihres Pick-ups zu öffnen.

Laredo folgte ihr und schwang den Sattel auf die Ladefläche. Als er die Rosen sah, zögerte er. Dann berührte er vorsichtig eine rosafarbene Blüte. Seine Hand war schwielig.

»Das sind alte Rosen, stimmt's?« Er schloss die Augen und schnupperte an der Blume.

Savannah war überrascht. Nur wenige Leute kannten sich mit alten Rosen aus oder hatten überhaupt von dem Begriff gehört. Ihre Nachforschungen hatten ergeben, dass viele der in Texas wachsenden Rosen unbekannter Herkunft waren, weil man sie genau wie diese hier irgendwo gefunden hatte. Viele hätten sie vielleicht als Rosendiebin bezeichnet, doch ihr einziger Antrieb war ihre Liebe zu den Blumen.

»Sie kennen sich mit alten Rosen aus?«, fragte sie.

»Meine Großmutter hatte einen Rosengarten und hat Rosen gezüchtet, die schon von ihrer Großmutter stammten. Ich habe seit mindestens fünfundzwanzig Jahren keine mehr gesehen. Wo haben Sie die hier gefunden?«

Sie zögerte einen Moment, bevor sie antwortete: »Auf einem alten Friedhof. In einer … verlassenen Stadt.« Mehr wollte sie ihm auf keinen Fall erzählen, denn in Promise hatten nur wenige Leute überhaupt von Bitter End gehört. Selbst Grady hatte ihr trotz all seiner Warnungen nie gesagt, was genau an der Stadt so unheimlich war.

Allerdings verstand sie seine Besorgnis nun. Sie erschauerte unwillkürlich, als sie sich an das beklemmende Gefühl erinnerte, das sie beim Betreten des Geländes beschlichen hatte – eine Traurigkeit und ein Schmerz, die noch genauso intensiv waren wie vor hundertfünfzig Jahren.

Da sie kaum etwas über die Geschichte der Stadt wusste, hatte sie sich beinah gefürchtet. Grady hatte ihr erzählt, das Land um Bitter End sei einst von den Gründervätern von Promise besiedelt worden. Was sie veranlasst hatte, die Stadt aufzugeben und umzusiedeln, blieb ein Geheimnis. Soweit sie wusste, war es um etwas so Profanes wie Wasserrechte gegangen. Allerdings erklärte das nicht das bedrückende Gefühl, das sie dort überwältigt hatte …

Daher hatte sie sich nicht länger als unbedingt notwendig in der Geisterstadt aufhalten wollen. Zielstrebig hatte sie den alten Friedhof aufgesucht und die Rosen ausgegraben. Über den eingezäunten Bereich neben der Kirche war sie jedoch nicht hinausgegangen, sondern war schnell zu ihrem Pick-up zurückgekehrt.

Am ganzen Körper zitternd hatte sie den Motor gestartet und war davongefahren, ohne noch einmal zurückzublicken. Im Nachhinein ärgerte sie sich, dass sie nicht wenigstens einen Blick auf die anderen Grundstücke riskiert hatte, denn vielleicht hätte sie noch mehr Rosen entdeckt.

»Sie sind schön«, erklärte Laredo. Die hellrosa Blüte lag wie ein Juwel in seiner Handfläche.

»Richtig edel, stimmt's?«, erwiderte Savannah begeistert. »Ich bin so glücklich, weil ich nie damit gerechnet hätte, sie zu finden!«

Er blickte ihr in die Augen und nickte.

»Man kann sich kaum vorstellen, dass sie all die Jahre überstanden haben, obwohl sich niemand um sie gekümmert hat«, fügte sie hinzu.

Vorsichtig zog er die Hand zurück. »Ist es Ihnen lieber, wenn ich mich auf die Ladefläche setze, Ma'am?«

»Savannah.«

Wieder lächelte er, diesmal flüchtig. »Savannah.«

»Sie können gern neben mir sitzen.«

Langsam stieg er ein, was ihm offenbar große Schmerzen bereitete.

»Sie kennen nicht zufällig jemanden, der einen guten Cowboy sucht?«, erkundigte er sich.

»Leider nicht«, gab sie bedauernd zurück.

Er nickte, zuckte gleich darauf zusammen und presste sich die Hand auf die Rippen.

»Sie sind verletzt«, bemerkte Savannah mit ernster Stimme.

Ihre Besorgnis machte ihn anscheinend verlegen. »Ein oder zwei gebrochene Rippen. Es war meine eigene Schuld.«

»Ein Pferd?«

»Nicht direkt«, antwortete er in leicht ironischem Ton. »Ein Stier hat mich an einen Zaun gedrückt. Man sollte meinen, dass mir so etwas nach so vielen Jahren Rancharbeit nicht passieren dürfte.«

»Mein Dad hat sich einmal eine Rippe gebrochen. Er meinte, er würde sich fühlen, als hätte ihn ein Kojote angefressen und man ihn dann von einer Klippe geworfen.«

»Klingt, als hätte ihr Dad Sinn für Humor.«

»Ja, das hatte er.« Savannah ließ den Motor an. Sie fuhr bewusst langsam und vorsichtig, weil die Straße viele Schlaglöcher hatte.

Laredo warf einen Blick über die Schulter. »Ich hätte nie gedacht, dass ich Rosen wie diese irgendwann wieder riechen würde.«

»Es sind die schönsten, die ich je gefunden habe.« Sie dufteten viel intensiver als moderne Hybriden. Wahrscheinlich waren es »White Lady Banks« – ein seltener Fund.

Von Laredo ermutigt, sprach sie begeistert weiter von ihren Rosen. Es überraschte sie, dass sie sich in seiner Nähe so wohlfühlte, denn normalerweise war sie Männern – und besonders fremden – gegenüber schüchtern und zurückhaltend.

Dann erzählte sie ihm von den Gärten auf der Ranch, der Liebe ihrer Mutter Barbara zu Blumen und von Promise und seinen freundlichen Einwohnern. Als er erwähnte, dass er seinen Wagen abschleppen lassen müsse, nannte sie ihm einige zuverlässige Werkstätten in der Gegend.

»Verflucht!«, stieß sie plötzlich hervor.

»Was ist?«

»Ich hätte fast die Abfahrt zur Ranch verpasst.« Das war ihr noch nie passiert. Ohne sich richtig bewusst zu sein, was sie tat, warf sie ihm einen flüchtigen Blick zu und fuhr fort: »Wir könnten tatsächlich Hilfe auf Yellow Rose gebrauchen.«

Seine Miene hellte sich auf. »Ich kann gut mit Pferden umgehen, und ich habe kein Problem mit harter Arbeit.«

»Grady wird Ihnen vermutlich einige Fragen stellen.« Bisher hatte ihr Bruder entschieden, wen sie für die Ranch einstellten. Aber wenn er etwas dagegen haben sollte, dass sie einem Fremden den Job gab, konnte er mit ihr darüber reden. Ihr Instinkt sagte Savannah, dass Laredo Smith absolut vertrauenswürdig war.

Sie spürte, wie er sie von der Seite musterte.

»Der Fairness halber will ich Ihnen nicht verschweigen, dass ich von meinem letzten Arbeitgeber gefeuert wurde.« Er erzählte ihr, dass man ihn fälschlicherweise des Diebstahls bezichtigt hatte. »Man kann mir einiges nachsagen, aber ich bin kein Dieb. Wenn Sie Ihre Meinung ändern, habe ich Verständnis dafür.«

»Das werde ich nicht. Ich … ich weiß es zu schätzen, dass Sie so ehrlich sind.«

»Sie werden nicht enttäuscht sein. Darauf gebe ich Ihnen mein Wort.«

Der Wagen wirbelte viel Staub auf, als sie die unbefestigte Zufahrt zur Ranch entlangfuhren. Kaum hatte Savannah auf dem Hof gehalten und den Motor abgestellt, kam Grady aus dem Stall und stürmte auf sie zu.

»Wo, zum Teufel, bist du den ganzen Nachmittag gewesen?«, fragte er, ohne den schwarzen Hund zu beachten, der neben ihm hertrottete und an seiner Hand schnupperte.

Sie atmete tief ein und hielt die Luft an, während sie ausstieg. Statt zu antworten, bückte sie sich und kraulte Rocket, der freudig mit der Rute wedelte. Er hatte ihrem Vater gehört und war schon ziemlich alt.

»Du hättest mir wenigstens eine Nachricht schreiben können, wenn du schon nicht zu erreichen bist«, schimpfte Grady.

»Es tut mir leid, aber …«

»Wo hast du den ganzen Nachmittag gesteckt?« Mit zusammengekniffenen Augen musterte er Laredo, der ebenfalls ausgestiegen war. »Ich habe das Gefühl, dass mir die Antwort nicht gefallen wird.«

»Vielleicht sollten wir uns lieber im Haus darüber unterhalten.«

»Du hast es getan, stimmt's? Ich habe dir doch gesagt, dass du nicht nach Bitter End suchen sollst. Hört denn keiner mehr auf mich? Was ist eigentlich mit dir los? Riskierst deinen verdammten Hals wegen eines lächerlichen Rosenbuschs.« Sein Gesicht war rot vor Wut.

Als er auf sie zukam, stellte Laredo sich schützend vor sie.

»Und wer, zum Teufel, sind Sie?«

»Grady, das ist Laredo Smith«, erklärte Savannah ruhig. »Sein Wagen ist liegen geblieben, und … ich habe ihm einen Job angeboten.«

Ihr Bruder schwieg schockiert. »Du hast was?«, fragte er schließlich.

»Das Abendessen ist im Schmortopf«, erwiderte sie. »Es gibt Chili verde.«

Er sah sie an, als würde er sie nicht wiedererkennen.

»Wir können in zehn Minuten essen. Würdest du Laredo freundlicherweise zur Blockhütte bringen und Wiley bitten abzuwaschen?«

»Wiley hat heute seinen Pokerabend«, sagte er leise. »Aber ich …«

»Stimmt.« Sie ging die Verandatreppe hoch zur Küche.

Ihr Herz klopfte wild in ihrer Brust. »Dann sind wir nur zu dritt.«

Im Handumdrehen hatte Savannah den Tisch gedeckt. Als sie hörte, wie die Tür geöffnet wurde, straffte sie sich und drehte sich um. »Ich hoffe, ihr beide habt euch miteinander bekannt gemacht.«

»Wir sind nicht dazu gekommen, Höflichkeiten auszutauschen«, zischte Grady.

»Bitte seien Sie meinem Bruder nicht böse, Laredo.« Sie füllte die warmen Tortillas auf einen Teller. »Offenbar ist er gerade nicht sonderlich gut gelaunt.«

»Ihrem Bruder?«, wiederholte Laredo überrascht.

»Wir führen die Yellow Rose Ranch zusammen.«

Grady zog sich einen Stuhl hervor und setzte sich.

»Kann ich Ihnen irgendwie behilflich sein, Savannah?« Laredo blickte sich um.

»Im Kühlschrank steht eine Karaffe mit Limonade, die könnten Sie holen«, sagte sie. Wann würde auch Grady endlich verstehen, dass es ihm nicht schadete, wenn er ihr ab und zu half? Offenbar belastete ihn noch etwas außer ihren finanziellen Problemen, doch er behielt es für sich. Er war genauso verschlossen, wie ihr Vater es gewesen war. Wieder einmal wünschte sie, er würde ans Heiraten denken. Sie hatte da auch schon eine Vorstellung, wer die perfekte Frau für ihn wäre.

***

Grady Weston war wütend auf seine Schwester. Er wusste nicht, was in sie gefahren war. Es war überhaupt nicht ihre Art, sich ihm offen zu widersetzen oder einen dahergelaufenen Anhalter mitzunehmen. Außerdem hatte sie sich in all den Jahren nie aktiv an der Leitung der Ranch beteiligt. Und nun hatte sie nicht nur seine Warnung missachtet, sondern obendrein einen Arbeiter eingestellt, noch dazu einen Fremden!

Savannah war offensichtlich nicht mehr sie selbst.

Stirnrunzelnd betrachtete er Laredo Smith. Ein Blick genügte, um ihm zu sagen, dass dieser dahergelaufene Cowboy ein Außenseiter war, den es nirgends lange hielt und dem man nicht trauen durfte. Trotzdem hatte Savannah ihn wie einen lang verschollenen Verwandten aufgenommen und ihm einen Job angeboten. Ihr Problem war, dass sie einfach zu vertrauensselig war.

Wo war ihr gesundes Urteilsvermögen, das er so oft bewundert hatte?

»Das ist das beste Chili, das ich je gegessen habe.« Laredo füllte sich noch eine Portion auf, als Savannah ihm die Schüssel reichte.

Sie senkte den Blick, und Grady beobachtete verblüfft, wie sie errötete. »Danke für das Kompliment, aber das gilt Nell Bishop. Das Rezept ist von ihr.«

»Dann richtet sich mein Lob an Nell und Sie.«

Savannah errötete noch tiefer, und Grady musste sich beherrschen, um nicht die Augen zu verdrehen. Es gab unzählige Männer in Promise, die sich für seine Schwester interessierten, aber sie hatte nicht einen von ihnen auch nur annähernd beachtet. Dann begegnete sie einem dahergelaufenen Fremden, der aussah, als würde er nicht einmal zwanzig Cent besitzen, und fiel fast in Ohnmacht, weil er ihre Kochkünste lobte.

Der Appetit war ihm vergangen. Grady schob seinen Teller beiseite. Er hatte ohnehin keinen guten Tag gehabt. Ein Kalb war bei der Geburt gestorben, und das Muttertier würde es vermutlich auch nicht überleben, obwohl der Tierarzt und er alles versucht hatten. Außerdem hatte er ein Loch in einem der Zäune entdeckt, das er zum Glück jedoch noch rechtzeitig hatte reparieren können.

Die Probleme nahmen kein Ende. Er wusste gar nicht mehr, wie es war, zu lachen oder einen Abend in der Stadt mit seinen Freunden zu verbringen. Verdammt, er konnte sich nicht einmal erinnern, wann er das letzte Mal eine Frau geküsst hatte. In den letzten sechs Jahren hatte sich sein Leben auf zwei Dinge reduziert – Arbeit und Sorgen.

An einem einzigen Nachmittag hatte sich für Savannah und ihn alles geändert. Das Leben vor dem Tod ihrer Eltern war nur noch eine blasse Erinnerung.

Grady blickte zu Savannah, und sein Herz krampfte sich zusammen. Seine Schwester war so bezaubernd wie die Rosen, die ihr so am Herzen lagen. Sie war wirklich hübsch, auch wenn es ihr offenbar nicht bewusst war.

Er war nicht der Einzige, der sich der Ranch verschrieben und diese gerettet hatte. Ohne sie hätte er es niemals geschafft. Sie hatte ihn immer wieder aufgemuntert und ihm einen großen Teil der Last abgenommen, und er dankte es ihr bei Weitem nicht genug.

Sein Ausraster tat ihm leid, aber er hatte sich solche Sorgen gemacht, als sie einfach verschwunden war.

Obwohl das Risiko, in eine gefährliche Situation zu geraten, gering war, durfte man es nicht ausschließen. Ihre Eltern waren von einer flutartigen Überschwemmung überrascht worden und ertrunken. Der Tag, an dem Sheriff Frank Hennessey ihm die traurige Nachricht überbracht hatte, hatte sich tief in seine Erinnerung gebrannt. Savannahs Verschwinden hatte all das wieder wachgerufen.

Aber das war nicht der einzige Grund für seine Wut gewesen. Seit drei oder vier Monaten stellte seine Schwester ihm unablässig Fragen über die Geisterstadt, und er hatte sie wiederholt gewarnt. Doch das hatte offenbar nichts genützt.

Er hätte die verlassene alte Grenzstadt nicht wiedergefunden. Das erste und letzte Mal, dass er Bitter End betreten hatte, war vor ungefähr zwanzig Jahren gewesen. Die beiden Patterson-Brüder und er hatten gehört, wie ihre Eltern sich über eine Geisterstadt irgendwo in den Bergen unterhielten, und sich dann heimlich auf die Suche nach dieser Stadt gemacht.

Sie hatten wochenlang gesucht, und als sie die Stadt schließlich gefunden hatten, hatten sie sich so gegruselt, dass sie nie wieder über dieses Erlebnis sprachen.

Er glaubte nicht an Geister. Doch in Bitter End hatte es gespukt, und damals war er zu jung gewesen, um es zu verstehen oder näher zu ergründen. Selbst jetzt war es ihm ein Rätsel. An jenem Tag hatte ihn ein seltsames Gefühl befallen, und den anderen war es genauso ergangen. Er erinnerte sich noch, wie still es gewesen war. Sie hatten sich nur getraut, miteinander zu flüstern. Und er erinnerte sich auch an das Gefühl tiefer Traurigkeit und subtiler Bedrohung, das ihm eine Gänsehaut eingejagt hatte.

»Möchten Sie noch eine Portion?«, fragte Savannah den Cowboy und riss Grady damit aus seinen Gedanken.

Laredo legte sich genießerisch die Hand auf den Bauch und schüttelte den Kopf. »Es schmeckt fantastisch, aber ich bin satt. So gut habe ich wirklich schon lange nicht mehr gegessen. Ich hoffe, Ihr Bruder weiß Ihre Kochkünste zu schätzen.«

Grady sah, wie sehr seine Schwester sich über das Kompliment freute. Es klang ehrlich, aber er würde sich nicht davon täuschen lassen. Dieser Typ hatte es offensichtlich auf Savannah abgesehen. Und so, wie er ihn einschätzte, würde er ihr entweder das Herz brechen oder sie finanziell in den Ruin treiben. Nur über meine Leiche, dachte Grady. Niemals würde er zulassen, dass so ein Mistkerl seine süße kleine Schwester ausnutzte.

»Ich helfe Ihnen beim Abwaschen«, bot Laredo an.

Grady verkniff sich eine bissige Bemerkung. Er wollte Savannah nicht noch mehr verärgern.

»Ich wasche später ab«, erklärte sie. »Erst einmal muss ich mich um die Rosen kümmern.«

»Dann könnte ich Ihnen dabei zur Hand gehen«, schlug er vor. Viel zu zuvorkommend für Gradys Geschmack. »Meiner Großmutter habe ich auch immer geholfen.«

»Das … das wäre sehr nett.«

Er konnte sich nicht entsinnen, wann er seine Schwester das letzte Mal so verlegen erlebt hatte.

Wie ein übereifriger Schuljunge stand Laredo auf und stellte seinen Teller in die Spüle.

Es reichte. Er musste dem Ganzen ein Ende setzen. »Bevor Sie sich weiter solche Mühe geben, sollten Sie wissen, dass es hier keine Arbeit für Sie gibt, Mr. Smith.«

»Entschuldige mal, ich habe Laredo eingestellt«, fuhr Savannah dazwischen, aber er ignorierte sie.

»Ich fahre Sie gern nach Promise. Wir können sofort los.«

Laredo erwiderte seinen wütenden Blick.

»Grady«, protestierte Savannah.

Schließlich ließ der Cowboy die Schultern sinken und nickte. »In Ordnung.«

Grady hatte nicht damit gerechnet, dass er so schnell kapitulieren würde. Der Kerl war offenbar kein Dummkopf.

»Ich hole meinen Sattel.«

»Nein!«, rief Savannah.

Beide Männer waren überrascht und wandten sich ihr zu.

Ihre Wangen waren gerötet, und sie hatte die Hände zu Fäusten geballt. »Wenn ihr beide mir vorhin zugehört hättet, hätte ich es gleich erklären können.« Sie atmete tief aus. »Ich habe Laredo eingestellt.«

»Und ich habe gesagt, dass ich momentan niemanden brauche«, entgegnete Grady schroff.

»Ich habe ja nicht gesagt, dass ich ihn für dich eingestellt habe, Grady. Er wird für mich arbeiten.«

2. Kapitel

Laredo saß auf der dünnen Matratze und hielt sich die schmerzenden Rippen. Dank der Tabletten, die Savannah ihm gegeben hatte, war es immerhin aushaltbar. Sie hatte sie ihm, ohne zu fragen, nach dem Abendessen in die Hand gedrückt, als hätte sie gewusst, wie unbehaglich er sich fühlte. Sie faszinierte ihn, aber es war offensichtlich, dass ihr großer Bruder ihn längst als potenzielle Gefahr abgestempelt hatte. Er konnte ihm daraus nicht mal einen Vorwurf machen. Wenn sie seine Schwester gewesen wäre, hätte er auch auf sie aufgepasst.

Nach dem Essen hatten sie die Rosen eingepflanzt, und anschließend hatte Savannah mit ihm eine Tour durch den Blumengarten gemacht. Sie züchtete Azaleen, Rhododendren und viele andere Blumen und hatte auch einen kleinen Kräutergarten angelegt. Und dann waren da noch ihre Rosen.

Als sie ihn durch den Rosengarten führte und ihm dabei über jede Sorte etwas erzählte, konnte er spüren, wie sehr sie dafür brannte.

Am meisten beeindruckten ihn die alten Rosen und Savannahs Fachwissen. Beim Erzählen gestikulierte sie so lebhaft, dass sie einmal ihren großen Strohhut verlor. Als er ihn aufhob und ihr reichte, lächelte sie, sprach jedoch weiter über die Geschichte der »Highway 290 Pink Buttons«, einer kleinen Sorte mit doppelten Blüten, die aus dieser Gegend in Texas stammte, wie sie stolz erwähnte.

Danach hatte sie ihm erklärt, welche Tätigkeiten er für sie übernehmen sollte. Er hatte ihr aufmerksam zugehört, sie gebeten, ihm die Sachen zu zeigen, die er brauchte, und versprochen, gleich am nächsten Morgen anzufangen. Er wollte ihr unbedingt beweisen, dass es kein Fehler gewesen war, ihn einzustellen. Sie hatte ihr Vertrauen zurecht in ihn gesetzt.

»Haben Sie alles, was Sie brauchen, Cowboy?«

Die raue Männerstimme riss ihn aus seinen Gedanken. Als Laredo sich umdrehte, sah er, dass ein alter Mann die Blockhütte betreten hatte. In dem länglichen Raum standen sich zwei Reihen Betten gegenüber, und am anderen Ende befand sich eine Tür, die, wie er erfahren hatte, zum Zimmer des Vorarbeiters führte.

»Wiley Rogers«, sagte der Mann.

»Laredo Smith. Ja, danke, ich habe alles. Meine Sachen sind noch in meinem Wagen, aber ich kann sie morgen früh holen.« Laredo stand auf und ging auf ihn zu, um ihm die Hand zu schütteln.

Rogers musste um die sechzig sein, und seine Beine waren vom vielen Sitzen im Sattel krumm geworden. Er lächelte freundlich. »Hab gehört, Sie arbeiten für Savannah.«

Laredo nickte.

Der Vorarbeiter lachte leise und rieb sich das unrasierte Kinn, wobei er Laredo eingehend betrachtete. »Hätte nie gedacht, dass ich das noch mal erleben würde …«

»Wie bitte?«

»Ach, nichts.« Wiley schien einen Moment zu überlegen. Dann sagte er: »Sie würden es sowieso nicht verstehen. Hat mich gefreut, Sie kennenzulernen, Laredo. Wenn Sie was brauchen, rufen Sie mich.«

»Danke, das werde ich tun.« Er setzte sich wieder aufs Bett, während Wiley sich in sein Zimmer zurückzog.

Als das Licht aus war, legte Laredo sich auf den Rücken und blickte zur Decke. Er war erschöpft. Und zum ersten Mal seit Tagen hatten die Schmerzen etwas nachgelassen. Er hatte sich satt gegessen und einen Job gefunden. Doch Savannah würde vermutlich höchstens zwei Wochen lang Arbeit für ihn haben.

Sobald der Wagen repariert war, würde er sich wieder auf den Weg machen. Zugegeben, die haltlose Unterstellung, ein Dieb zu sein, hatte ihn in seiner Ehre gekränkt. Aber im Nachhinein musste er sich eingestehen, dass Earl Chesterton ihm einen Gefallen getan hatte, als er ihn gefeuert hatte. Der plötzliche Rauswurf war genau der Anreiz, den er brauchte, um nach Oklahoma zurückzukehren und seinen Traum zu verwirklichen. Nachdem er jahrelang davon geredet hatte, würde er nun endlich Quarter Horses züchten. Obwohl er wusste, dass harte Jahre vor ihm lagen, fand er den Gedanken aufregend, sein eigener Boss zu sein und auf seinem eigenen Land zu leben.

Er schloss die Augen und versuchte, an nichts zu denken, doch zu seiner Überraschung sah er plötzlich Savannah ganz deutlich vor sich. Sie war so warmherzig und sanftmütig. Er mochte sie – man musste sie einfach mögen. Aber es war mehr als das. Sie hatte etwas an sich, das ihn förmlich anzog. Schon seit Jahren hatte keine Frau ihn mehr so fasziniert. Sie weckte seinen Beschützerinstinkt mit dieser schüchternen, natürlichen Art, und das gefiel ihm. Und hübsch war sie auch. Um nicht zu sagen, verdammt heiß.

Ihr Bruder hatte keinen Hehl daraus gemacht, dass er Laredo für einen Eindringling hielt. So nüchtern, stur und misstrauisch, wie er sich ihm gegenüber verhalten hatte. Es hatte sein Blut zum Kochen gebracht, als er gehört hatte, wie dieser Grady mit Savannah umgesprungen war. Doch es stand ihm nicht zu, sich in die Familienangelegenheiten der beiden einzumischen.

Sobald er konnte, würde er nach Oklahoma fahren. Es war das Beste für alle Beteiligten.

***

Am nächsten Morgen fuhr Savannah wie geplant für einige Besorgungen nach Promise. Die Liste kam ihr endlos lang vor. Endlich hatte sie es geschafft und fuhr zu ihrem letzten Stopp bei der Post. Sie machte sich nichts vor. Der eigentliche Grund, warum sie so schnell wieder zurück sein wollte, war Laredo.

An diesem Abend würde sie paniertes Steak mit Sahnesoße und frischen grünen Bohnen kochen, Gradys Leibgericht. Es sollte ein Friedensangebot sein. Den ganzen Morgen hatte er kaum ein Wort mit ihr gewechselt. Gut, er war auch sonst nicht besonders gesprächig, aber sie hatte gemerkt, dass er noch wütend auf sie war.

Das änderte jedoch nichts an der Tatsache, dass Laredo auf der Ranch bleiben würde. Bei dem Gedanken lächelte sie vor sich hin. So glücklich hatte sie sich schon seit Jahren nicht mehr gefühlt.

Sie hoffte, dass Caroline Zeit für einen Plausch hatte. Sie war die Leiterin des Postamts und Savannahs engste Vertraute in der Stadt. Lydia Boyd, die Inhaberin des Antiquitätengeschäfts und des Victorian Tea Room, kam gerade aus der Post, als Savannah auf den Parkplatz fuhr, und sie winkten sich fröhlich zu.

Im Gebäude herrschte ein angenehm kühles Klima, und es waren keine anderen Kunden da. Savannah beschloss, erst ihre Post aus dem Fach zu holen. Als sie die Tür öffnete, blickte sie direkt in Carolines braune Augen.

»Stimmt es?«, fragte Caroline.

Savannah blinzelte verblüfft. »Was soll stimmen?«

»Ich dachte, ich bin deine beste Freundin.«

»Das bist du auch.«

»Dann hättest du mir eigentlich von dem heißen Fremden erzählen müssen, der auf eurer Ranch arbeitet.«

Savannah spürte, wie ihr das Blut in die Wangen schoss. Das war das Problem, wenn man in einer Kleinstadt lebte. Alles sprach sich sofort herum. Entnervt schloss sie die Tür und drehte den Schlüssel.

»Savannah!«, hörte sie Caroline auf der anderen Seite empört rufen.

Widerstrebend schloss Savannah wieder auf und öffnete die Tür. »Wer hat es dir erzählt?« Sie nahm die Briefe heraus und steckte sie in die Tasche.

»Elaine Frasier. Und sie hat gesagt, dass er echt süß ist.«

»Elaine hat ihn getroffen?« Elaine war die Tochter von John Frasier, dem Inhaber des Futtermittelgeschäfts. Sie war jung und hübsch, temperamentvoll und lebenslustig. Und ihre selbstauserkorene zukünftige Schwägerin. Sie hatte immer gehofft, Grady würde auf Elaine aufmerksam werden, wenn er dort einkaufte. Und sie hatte ihm schon einige Male vorgeschlagen, Elaine auf einen Kaffee oder ein Bier einzuladen. Doch er hatte ihr deutlich zu verstehen gegeben, dass er nichts von ihren Kuppelversuchen hielt.

»Ist er nun so süß, wie Elaine sagt?«

Savannah errötete noch tiefer. »Ich ... ich weiß nicht.«

Caroline lachte ungläubig. »Wenn du es mir nicht verraten willst, sag mir wenigstens, wie er heißt.«

»Laredo Smith.«

»Du hast Grady also überredet, noch jemanden einzustellen. Wo hast du Laredo kennengelernt?«

»Grady hat Laredo nicht ... eingestellt.«

Caroline runzelte verwundert die Stirn. »Was soll das heißen?«

Savannah seufzte. »Laredo arbeitet nicht für Grady. Ich habe ihn eingestellt.«

»Du?« Ihre Freundin kniff die Augen zusammen. »Komm bitte nach vorn.«

Großartig. Sie hatte Caroline zwar von der Sache mit Laredo erzählen wollen, doch sie hatte kein Verhör erwartet – vor allem nicht so bald.

»Du hast schon wieder diesen Blick«, neckte Caroline sie, als Savannah zum Schalter kam.

»Welchen Blick?«

»Den Blick, der besagt, dass du … nervös bist.«

»Das bin ich auch.« Zu Recht, denn die ganze Stadt würde über sie reden, wenn bekannt wurde, dass Laredo für sie und nicht für Grady arbeitete. Sie verabscheute das Getratsche der Leute und hielt sich aus den Privatangelegenheiten der anderen heraus. Zum Beispiel wäre sie niemals auf die Idee gekommen, Caroline zu fragen, wer der Vater ihrer fünfjährigen Tochter Maggie sei, obwohl sie schon seit einer Ewigkeit ihre beste Freundin war.

»Nun sag schon, Savannah. Schließlich kommt nicht jeden Tag ein heißer Fremder in die Stadt.«

»Laredo ist nicht in die Stadt gekommen.« Es war wohl das Beste, wenn sie Caroline direkt die Wahrheit sagte.

»Ich weiß. Sein Pick-up ist liegen geblieben. Das Getriebe ist kaputt, und die Reparatur wird ungefähr tausendfünfhundert Dollar kosten. Die Ersatzteile werden frühestens in zehn Tagen geliefert.«

»Woher weißt du das?«, fragte Savannah, obwohl sie die Antwort bereits kannte. Wiley hatte ihr erzählt, dass er Laredo an diesem Morgen dabei helfen wolle, den Wagen abzuschleppen und zu Powells Werkstatt zu bringen.

Paul Powells Ehefrau Louise kümmerte sich dort um die Büroarbeit und war eine richtige Klatschtante. Offenbar war sie dort gewesen, als die Männer den Wagen gebracht hatten. Zu allem Überfluss war Wiley auch nicht gerade verschwiegen.

Ihr wurde ganz schwindelig, wenn sie weiter darüber nachdachte, und am liebsten hätte sie sich hingesetzt.

Caroline betrachtete sie eingehend. Etwas sanfter erkundigte sie sich: »Du hast ihn selbst eingestellt?«

»Ja. Ich habe jemanden gesucht, der mir bei der Gartenarbeit hilft, weil allmählich mehr Bestellungen für meine Rosen eingehen.« Vorerst hätte sie es allerdings auch allein geschafft, und Caroline wusste das.

»Du magst ihn, stimmt's?«

»Natürlich. Er ist nett und rücksichtsvoll und … Grady hat sich unmöglich benommen. Es war mir so peinlich! Ich weiß, ich hätte erst mit ihm darüber sprechen sollen, aber du weißt ja, wie lange ich schon auf ihn einrede, er soll noch jemanden einstellen.«

»Grady war dir also nicht dankbar für deine … Hilfe.«

Savannah wandte den Blick ab. »Das ist noch milde ausgedrückt. Er hat gesagt, er würde niemanden brauchen, dann hat er Laredo angeboten, ihn sofort in die Stadt zu fahren. Es klang, als könnte er ihn nicht schnell genug loswerden! Das war mir so unangenehm … und ich war wütend. Deswegen habe ich gesagt, dass Laredo für mich arbeitet.«

Carolines Augen funkelten amüsiert. »Ich wette, Grady ist an die Decke gegangen.«

»Er war nicht gerade erfreut darüber.«

Caroline verschränkte die Arme vor der Brust und lehnte sich gegen den Schalter. »Und wie hast du deinen neuen Angestellten nun kennengelernt?«

»Er ging die Straße entlang«, erwiderte Savannah trocken, »und ich habe angehalten und ihn mitgenommen. Er hat mich gefragt, ob ich jemanden kenne, der einen guten Cowboy sucht, und im nächsten Moment hatte ich ihm schon einen Job angeboten.«

»Und deswegen war er Grady auf Anhieb unsympathisch«, meinte Caroline leise. Sie kannte ihn fast genauso gut wie Savannah.

»Stimmt. Ich glaube, ich bin noch nie so wütend auf ihn gewesen!«

»Und was ist dann passiert?«

Savannah kicherte. »Du hättest sein Gesicht sehen sollen. Ich dachte, er platzt gleich.« Ihr Bruder hatte den Mund gehalten und war aus dem Haus gestürmt.

Caroline lachte schallend. »Ich kann es mir lebhaft vorstellen. Ich bin so stolz auf dich!«

»Wirklich?«

»Wirklich. Es war höchste Zeit, dass mal jemand Grady Weston in seine Schranken weist. Versteh mich nicht falsch, du weißt, dass ich ihn mag. Aber in den letzten Jahren ist er ein richtiger Griesgram geworden. Er nimmt alles so ernst. Ich kann mich nicht entsinnen, wann er das letzte Mal gelacht hat.«

Sofort verspürte Savannah Mitgefühl für ihren Bruder. Caroline hatte recht, aber es lag nur daran, dass so viel

Verantwortung auf seinen Schultern lastete. Er hatte die Ranch vor dem Bankrott bewahrt, und obwohl die finanzielle Lage immer noch angespannt war, mussten sie nicht mehr damit rechnen, das Land zu verlieren. Immer wenn sie sich über sein Verhalten ärgerte, rief sie sich diese Tatsache ins Gedächtnis. Und es hatte sie noch nie so geärgert wie am vergangenen Abend. Sie wusste genau, dass er sie für eine »verdammte Närrin« hielt, weil sie einem Fremden vertraute.

Sie senkte den Blick. »Bin ich eine Närrin, Caroline?«

»Soll das ein Scherz sein?«

»Nein, bitte sag es mir. Ich …«, obwohl niemand außer ihnen da war, senkte sie die Stimme zu einem Flüstern, »Ich finde Laredo ziemlich … anziehend. Er ist ganz anders als die anderen Typen, denen ich bisher begegnet bin. Er hört mir zu, und obwohl wir uns kaum kennen, versteht er mich besser als mein Bruder. Gestern Abend haben wir eine Stunde im Garten verbracht, und ich habe ihm von meinen Rosen erzählt. Es hat ihn wirklich interessiert.«

Carolines Züge wurden weicher.

»Und er ist ehrlich. Er hat mir erzählt, dass er von seinem letzten Arbeitgeber gefeuert worden ist und warum. Das fand ich sehr mutig von ihm.«

»Was sagt dir dein Herz?«

Savannah zögerte. Wenn sie mit Laredo zusammen war, wusste sie genau, was sie fühlte, doch nun fragte sie sich, ob sie tatsächlich so naiv war, wie Grady behauptete. »Ich bin mir nicht sicher.«

»Warum willst du die Antwort darauf denn sofort haben?«

»Ich weiß nicht. Es ist nur ...«

Caroline lachte. »Hab Geduld. Und sei bloß nicht so hart mit dir. Es ist doch etwas Wundervolles, sich zu einem Mann hingezogen zu fühlen.«

»Aber ... es ist so lange her, dass ich für einen Mann etwas empfunden habe.«

»Dann mag ich ihn bereits. Er hat dein Herz berührt.«

Wie recht sie hatte – das hatte er tatsächlich getan.

»Und ich habe dich noch nie so glücklich gesehen.«

Savannah lächelte. In der letzten Nacht hatte sie kaum ein Auge zugetan, weil sie die ganze Zeit an Laredo gedacht hatte.

»Es stimmt, was Elaine erzählt hat. Laredo ist ziemlich attraktiv. Warum sollte er sich ausgerechnet für mich interessieren?«

»Weil du schön bist, äußerlich und innerlich. Er wäre ein Narr, wenn er das nicht sehen würde. Und nun zerbrich dir darüber nicht den Kopf, und sei einfach du selbst.«

Carolines Worte beruhigten sie kaum. Am meisten fürchtete sie sich davor, sich in etwas hineinzusteigern, was womöglich nur eine absurde Fantasie war. Sie war diesem Mann vor nicht einmal vierundzwanzig Stunden begegnet. Aber es kam ihr vor, als würde sie ihn schon ihr ganzes Leben lang kennen. Dass er ihre Gefühle erwiderte, erschien ihr allerdings unwahrscheinlich.

»Kannst du am Montagabend trotzdem auf Maggie aufpassen?«, erkundigte sich Caroline.

»Natürlich«, versicherte sie. Sie liebte es, mit der Kleinen Zeit auf der Ranch zu verbringen, während Caroline Nachhilfeunterricht in Mathematik gab. Allmählich fasste Maggie sogar Zutrauen zu Grady, der sie einzuschüchtern schien. Und Savannah wusste, dass er sich mittlerweile auch über ihren allwöchentlichen Besuch freute, selbst wenn er es nicht zugab.

»Wenn ich sie vorbeibringe, kann ich deinen Laredo kennenlernen.«

Deinen Laredo. Savannah spürte, wie ihr das Blut schon wieder in die Wangen schoss, und lächelte tapfer. »Vielleicht ist er gar nicht da.«

»Dann werde ich eben auf ihn warten. Ich kann es kaum erwarten, den Mann zu treffen, der es endlich geschafft hat, das Herz meiner besten Freundin zu erobern.«

»Ich wollte ihn eventuell fragen, ob er mich Sonntag in die Kirche begleitet.« Tatsächlich war ihr die Idee gerade erst gekommen, und sie blickte Caroline erwartungsvoll an.

»Toll! Dann werde ich ihn da kennenlernen. Und alle anderen auch.«

Ihr graute vor der Vorstellung, dass alle über sie tratschen würden, wenn sie mit einem Mann zum Gottesdienst erschien. Doch davon würde sie sich diesmal nicht aufhalten lassen. Am besten fragte sie Laredo noch an diesem Nachmittag.

***

»Ich möchte nicht darüber reden«, erklärte Grady gereizt. Es war bereits Nachmittag und Wiley und er ritten zurück zum Haus. Sie hatten den größten Teil des Tages damit verbracht, das Unterholz nach Kühen abzusuchen, die gekalbt hatten. Er war völlig erschöpft, weil er sich seit drei Wochen fast jede Nacht um die Ohren schlug. In dieser Jahreszeit, wenn die Kälber geboren wurden, war Schlaf ein Luxus für jeden Rancher.

Wiley wirkte beleidigt. »He, ich habe kein Wort gesagt.«

»Schon möglich, aber ich sehe doch, dass du vor Neugier fast platzt.«

»Hab den Eindruck, dass du darüber reden willst, sonst hättest du es nicht erwähnt.«

Das stimmte womöglich. Selbst jetzt konnte er kaum fassen, dass seine Schwester sich wegen eines dahergelaufenen Cowboys so aufführte.

»Ich mag ihn nicht«, verkündete Grady.

»Redest du von Laredo Smith?«

»Smith.« Grady lachte. »Was für ein praktischer Name!«

»Viele Leute heißen so.«

»Genau das meine ich ja. Ich gehe jede Wette ein, dass der Name falsch ist.«

»Auf mich macht er einen anständigen Eindruck.«

Es passte ihm nicht, dass sein Vorarbeiter, sein Freund und Vertrauter, für diesen Smith Partei ergriff. »Was soll das heißen?«

»Er ist ein guter Arbeiter. Heute Morgen ist er früh aufgestanden, weil er in Savannahs Garten anfangen wollte, bevor wir seinen Wagen abschleppen. Wir waren da, als Paul geöffnet hat, und der hat sich den Wagen gleich angesehen.«

»Was ist damit?«

»Das Getriebe muss ausgetauscht werden, und die Bremsen sind auch hinüber. Paul meinte, dass er nach ein paar Tagen wieder läuft, sobald er die Ersatzteile hat.«

»Gut.«

»Euer Cowboy sieht nicht so aus, als könnte er die Reparatur bezahlen.«

Grady stöhnte. »Was?«

»Du hast mich richtig verstanden. Was glaubst du, warum er sonst auf Jobsuche war?«

Am Bach angekommen, saßen sie ab, damit die Pferde trinken konnten. Die Vorstellung, dass Laredo noch länger auf der Ranch blieb, gefiel Grady nicht. Er hatte genügend Männer wie ihn kennengelernt, Männer ohne Wurzeln und ohne eine Familie. Sie gaben ihr Geld genauso schnell wieder aus, wie sie es verdienten, ohne einen Gedanken an die Zukunft zu verschwenden. Sie mochten hart arbeiten, aber sie kosteten das Leben auch in vollen Zügen aus. Nahmen sich, was sie wollten. Dieser Laredo Smith sollte auf keinen Fall in der Nähe seiner Schwester herumlungern!

»Hast du noch etwas über ihn erfahren?« Ohne Wileys Antwort abzuwarten, saß Grady wieder auf.

»Ich dachte, du willst nicht darüber reden.«

Grady warf seinem Vorarbeiter einen wütenden Blick zu, doch Wiley lachte nur.

»Er hat mir auf dem Weg in die Stadt einiges erzählt«, erwiderte er, während er ebenfalls aufsaß. »In den letzten Jahren hat er auf der Triple C in Williamsburg gearbeitet.«

Grady hatte von der Ranch gehört. Sie gehörte zu den größeren im texanischen Hügelland. Mit dem Besitzer, Earl Chesterton, hatte er sich einige Male auf den Zusammenkünften der Rinderzüchter aus dem Bezirk unterhalten, aber er kannte ihn nur flüchtig.

»Willst du ihn überprüfen?«, erkundigte Wiley sich mit gerunzelter Stirn und missbilligendem Ton.

Grady schnaufte. »Warum sollte ich das tun? Schließlich arbeitet er nicht für mich.«

»Dafür hast du aber ziemlich viele Fragen gestellt.«

»Ich war neugierig. Daraus kannst du mir kaum einen Vorwurf machen, zumal ich nur auf Savannah aufpasse.« Er wollte es nicht aussprechen, aber er machte sich Sorgen um seine Schwester.

Sie wusste genau, wie sie ihn um den Finger wickelte. Wenn sie ihm sein Lieblingsdessert servierte, ahnte er immer schon, dass sie etwas von ihm wollte. Normalerweise setzte sie sich dann zu ihm und stellte ihm einige harmlose Fragen, bis sie irgendwann auf den Punkt kam.

Er hörte ihr jedes Mal geduldig zu, und meist schaffte sie es, ihn umzustimmen. Wenn er ihre Besorgnis für berechtigt hielt, handelte er dementsprechend.

Doch nun war dieser Smith aufgetaucht, und sie hatte sich plötzlich ganz anders verhalten. Aber bitte, wenn sie unbedingt wie ein liebeskranker Teenager herumlaufen wollte, würde er sie nicht davon abhalten. Allerdings durfte sie auch nicht auf sein Mitgefühl hoffen, wenn Laredo sie in ein oder zwei Monaten sitzen ließ.

»Wie alt ist Savannah jetzt?«, fragte Wiley. »Über einundzwanzig, stimmt's?«

»Du weißt verdammt gut, wie alt sie ist.«

Wiley schob seinen Stetson zurück und grinste. »Du hast recht. Ich habe mich nur gefragt, ob du es weißt.«

Grady runzelte die Stirn. »Sie ist alt genug, um es besser zu wissen.«

»Und alt genug, um auf ihr Herz hören zu können.«

Grady trieb seinen Wallach Starlight zum Trab an und ritt am Zaun entlang in Richtung Haus. Er wollte den Zaun sowie das Windrad und den Wassertank noch einmal überprüfen, bevor er zurückkehrte.

»Wie ich bereits sagte, möchte ich nicht darüber reden.«

»Dann interessiert dich sicher auch nicht, was Smith noch erzählt hat.«

Grady zog die Zügel an und drehte sich zu seinem Vorarbeiter um. »Wenn du mir etwas zu sagen hast, dann sag es.«

»Er arbeitet normalerweise mit Pferden. Wir könnten einen guten Fachmann gebrauchen. Es kann ziemlich teuer werden, wenn wir jemanden bezahlen, der hierherkommt und sich um die Pferde kümmert.«

»Um die Pferde kann ich mich selbst kümmern.«

»Sicher. Genauso, wie du alles andere auch allein machst. Es war ja nur ein Vorschlag«, meinte Wiley und zuckte mit den Schultern.

»Du glaubst also, dass wir jemanden für die Pferde brauchen? Dann ernenne ich dich zum offiziellen Pferdeexperten der Yellow Rose Ranch. Von heute an kannst du dich um die Pferde kümmern.«

»Hör mit dem Blödsinn auf.«

»Sehe ich so aus, als würde ich Scherze machen?« Als er Wileys Miene sah, warf er den Kopf zurück und lachte schallend. Schon lange hatte er nicht mehr so gelacht.

***

Savannah stellte die Servierplatte mit dem panierten Steak auf das Backofengitter und drehte die Herdflamme auf, um die Sahnesoße zum Köcheln zu bringen. Die grünen Bohnen waren ihr gut gelungen, zart und doch knackig. Dazu schnitt sie frische Tomaten aus ihrem Gemüsegarten in Scheiben. Ein Apfelkuchen stand zum Abkühlen auf dem Tresen. Jetzt musste sie nur noch die Limonade zubereiten, dann war das Essen fertig.

Da sie noch etwas Zeit hatte, bis Grady und Wiley zurückkehren würden, beschloss sie, nach draußen zu gehen. Laredo hatte den ganzen Nachmittag in der Sonne gearbeitet, und da er sicher Durst hatte, nahm sie ein Glas Eistee für ihn mit.

Ihr Garten hatte noch nie so gut ausgesehen, doch sie konnte Laredo nirgends finden. Enttäuscht wollte sie ins Haus zurückkehren, als sie ihn bei Samson und Delila, ihren beiden Lieblingen, im Ziegenpferch entdeckte. Eine Freundin hatte sie ihr geschenkt, um sich für die Rosen zu revanchieren, die sie ihr für eine Jubiläumsparty gegeben hatte. Bei Laredos Anblick setzte ihr Herz einen Schlag aus. Ein Lächeln schlich sich auf ihre Lippen.

Grady hatte sie immer aufgezogen, denn seiner Meinung nach war ihre Liebe zu den Tieren genauso albern wie die zu den Rosen. Was ihr am Herzen lag, war ihm völlig egal. Manchmal fragte sie sich, ob er wirklich ihr Bruder war, weil sie so unterschiedlich waren.

Laredo kniete im Gras, streichelte die Ziegen und redete mit ihnen. Besonders Samson mochte normalerweise keine Fremden, doch Laredo gegenüber war er ganz zutraulich.

Savannah wusste nicht, wie lange sie dagestanden und ihn beobachtet hatte. Aber es mussten einige Minuten gewesen sein, denn ihr fiel auf, dass die Eiswürfel in dem Eistee mittlerweile geschmolzen waren. Als sie wieder einen klaren Gedanken fassen konnte, drehte sie sich hastig um und lief zum Haus zurück. Auf keinen Fall wollte sie, dass Laredo dachte, sie würde ihm hinterherspionieren. Nachdem sie das Glas auf den Tresen gestellt hatte, legte sie die Hände an die erhitzten Wangen.

Sie wusste nicht, warum, aber sie war plötzlich den Tränen nahe. Den ganzen Tag hatte sie kaum ein Wort mit ihm gewechselt, weil sie genau wie er beschäftigt gewesen war. Dennoch hatte sie sich noch nie einem Menschen so nahe gefühlt wie ihm wenige Minuten zuvor.

Dieser Fremde berührte etwas tief in ihrer Seele.

3. Kapitel

Savannah gefiel die Predigt von Wade McMillen. Seine Botschaften waren simpel und trafen einen doch mitten ins Herz. Zugegeben, er war der seltsamste Pfarrer, den sie je gesehen hatte. Eigentlich wirkte er wie ein Cowboy – groß, schlank und muskulös. Vielleicht war er deswegen auch so beliebt.

Sie hatte das Gefühl, als würden die anderen Kirchgänger sie neugierig beobachten. Mittlerweile wusste jeder in der Stadt, dass sie und nicht ihr Bruder Laredo eingestellt hatte. Bald würden sicherlich die wildesten Spekulationen die Runde machen – falls das nicht schon der Fall war. Anders als sonst schweiften ihre Gedanken während der Predigt immer wieder ab.

Obwohl sie es sich fest vorgenommen hatte, hatte sie sich schließlich doch nicht getraut, Laredo zu fragen, ob er sie zur Kirche begleiten wolle. Jetzt war sie froh darüber, denn die Leute hätten sofort angefangen zu tratschen.

Gestern hatte er den ganzen Tag über wie ein Irrer geschuftet. Er hatte Spaliere für die Rosen gebaut und gestrichen, und das trotz ihrer Einwände. Sie wollte nicht, dass er auch an seinem freien Wochenende arbeitete. Etwas Erholung hatte er sich wirklich verdient.

Nach dem Abendessen hatte er mit ihr auf der Veranda gesessen, bis Grady nach Hause gekommen war. Gradys Miene hatte Bände gesprochen. Aber das war ihr egal. Er musste ihre Entscheidung akzeptieren, da konnte er noch so grimmig starren, wie er wollte.

Am liebsten hätte sie Laredo gesagt, er solle einfach nicht auf ihren Bruder achten. Aber die Stimmung auf der Ranch war explosiv genug seit der Ankunft des Cowboys, da wollte sie die beiden nicht noch weiter anstacheln. Stattdessen wünschte sie, sie könnte den Mut aufbringen, Laredo zu sagen, was sie für ihn empfand. Aber keine Chance. Seine Anwesenheit machte sie schrecklich nervös. Es war aussichtlos, dass jemals etwas Derartiges über ihre Lippen kommen würde.

Die Gemeinde erhob sich, und Savannah nahm das Gesangbuch, schlug es auf und stimmte in den Gesang des Chors ein. Sie blickte zu Caroline, die in ihrem langen weißen Gewand in der ersten Reihe stand. Als Caroline ihr zublinzelte, entspannte Savannah sich.

Kurz darauf war der Gottesdienst zu Ende, und sie verließ hinter Nell Bishop und deren beiden Kindern die Reihe. Ihr Mann Jake war dreieinhalb Jahre zuvor bei einem tragischen Unfall mit dem Trecker ums Leben gekommen. Die beiden hatten sich über alles geliebt und waren das perfekte Paar gewesen, und Savannah bewunderte, wie Nell ihr Leben nun allein meisterte. Nell hatte sich geweigert, die Ranch zu verlassen, und bewirtschaftete diese jetzt auf eigene Faust. Jake hätte nicht gewollt, dass das Land in fremde Hände gerät, sagte sie immer. Genau wie sie war Nell ein Mensch, der seine Nase nicht in die Angelegenheiten anderer steckte.

In der Vorhalle stand Louise Powell und reckte den Hals. Sicher wollte sie Savannah über Laredo ausquetschen.

»Savannah!« Sie hob eine behandschuhte Hand und winkte.

Savannah beschloss, zu ihr zu gehen, um nicht noch mehr Aufmerksamkeit auf sich zu lenken.

Sobald sie die Vorhalle betrat, kam Louise zu ihr. Sie hatte im Januar ihren fünfzigsten Geburtstag gefeiert und danach ihre Frisur und ihren Kleidungsstil geändert, um jünger auszusehen. Nur leider hatte sie das Ganze etwas übertrieben und sah nun aus wie eine fünfzigjährige Frau, die sich wie eine Fünfundzwanzigjährige kleidete.

»Ich habe deinen neuen Freund kennengelernt!«, rief sie, und Savannah vermutete, dass es Tammy Lees Einfluss war. Tammy Lee, Louises neue Freundin, war mittleren Alters, geschieden und, harmlos ausgedrückt, eine schillernde Persönlichkeit. »Was für ein netter junger Mann!« Als Savannah nicht antwortete, legte Louise ihr den Arm um die Taille. »Soweit ich weiß, arbeitet er für dich.« Sie kicherte. »Ich dachte immer, du wärst schüchtern und zurückhaltend, aber stille Wasser sind bekanntlich tief.« Wieder kicherte sie.

»Da hinten ist jemand, mit dem ich sprechen möchte«, sagte Savannah, um ihr zu entfliehen.

»Etwa Laredo?« Louise verstärkte ihren Griff, sodass Savannah zusammenzuckte. »Wenn du keine Arbeit mehr für ihn hast, schickst du ihn zu mir, ja?«

»Wenn du mich bitte entschuldigen würdest ...«

Die Schwestern Edwina und Lily Moorhouse betraten gerade die Vorhalle und lenkten Louise ab. Beide waren pensionierte Lehrerinnen und hatten auch Savannah unterrichtet. Sie mochte die beiden sehr gern.

»Guten Morgen«, grüßte sie, als sie an ihnen vorbeiging.

Reverend McMillen stand draußen vor der großen Flügeltür und schüttelte jedem Gemeindemitglied die Hand. »Ist alles in Ordnung, Savannah?« Er hielt ihre Hand zwischen seinen. »Sie sind ganz rot im Gesicht.«

»Es geht mir gut. Mir ist nur ein wenig warm«, erwiderte sie.

»Savannah! Savannah!« Carolines Tochter Maggie kam aufgeregt zu ihr gelaufen und zeigte ihr stolz ein Bild, das sie in der Sonntagsschule gemalt hatte.

»Hallo, Maggie. Was ist das?« Sie betrachtete die Zeichnung. Maggie war wie eine Tochter für sie. Es war ein Schock gewesen, als Caroline im letzten Studienjahr auf dem College verkündet hatte, sie sei schwanger. Man hatte die wildesten Spekulationen über den Vater ihres Kindes angestellt, aber Caroline hatte nie gesagt, wer es war, und niemand hatte sie direkt gefragt. Ihre Mutter Florence war lange Zeit die Leiterin des Postamts in Promise gewesen, und als sie im letzten Frühjahr gestorben war, hatte Caroline ihren Job übernommen.

»Das ist Josef.« Maggie deutete auf eine plumpe Figur auf der Zeichnung.

»Ach so«, meinte Savannah. »Das hast du toll gemacht.«

Maggie strahlte übers ganze Gesicht und nahm ihre Hand. »Wo ist Mommy?«

Dasselbe hatte Savannah sie auch fragen wollen. Doch kurz darauf verließ Caroline zusammen mit den anderen Chormitgliedern die Kirche durch die Seitentür.

»Mommy, Mommy, sieh mal!«, rief Maggie und lief auf sie zu, wobei ihre Zöpfe auf und ab hüpften. Stürmisch umarmte sie ihre Mutter.

»Hast du Lust, zum Brunch zu uns zu kommen?«, fragte Caroline, während sie Maggie auf den Arm hob.

Savannah schüttelte den Kopf. »Sorry, ich habe zu Hause einen Braten im Backofen.«

»Hat Louise dich eben in die Enge getrieben?«, fragte Caroline leise.

»Sie hat es versucht.«

»Dann biete der alten Klatschtante doch was, worüber sie reden kann.«

»Caroline!«

»Sie ist bloß neidisch, weil du jung und hübsch bist und weil es einen attraktiven Mann in deinem Leben gibt.«

»Es gibt keinen Mann in meinem Leben«, protestierte Savannah.

»Um so bedauerlicher«, bemerkte Caroline lachend. »Ein bisschen Romantik würde dir guttun.«

»Und was ist mit dir?«

»Mit mir?« Caroline schüttelte den Kopf. »Nein, danke. Ich habe genug von Romantik.«

»Nur weil du einmal schlechte Erfahrungen gemacht hast, musst du doch nicht bis an dein Lebensende verbittert sein.«

Ein trauriger Ausdruck trat in Carolines Augen. »Einige Menschen sind dazu bestimmt, sich zu verlieben, und andere wie ich …« Sie verstummte und wandte den Blick ab.

Savannah wurde das Herz ganz schwer, als sie ihre Freundin so traurig sah, aber sie wusste nicht, was sie sagen sollte.

***

Laredo hörte Wiley hinten in der Blockhütte pfeifen. Der alte Vorarbeiter schien ohnehin ein gutgelaunter, unkomplizierter Zeitgenosse zu sein, doch an diesem Nachmittag war er richtig fröhlich.

Laredo stach mit der Nadel in das abgenutzte Leder. Niemand hatte ihn darum gebeten, den Sattel zu flicken, aber er hatte gerade Zeit und war nun mal nicht der Typ, der untätig herumsaß.

Obwohl es nicht in seinen Aufgabenbereich fiel, war er vorhin in den Stall gegangen und hatte sich die Pferde angesehen. Sie waren gut versorgt und gesund. Widowmaker, der Zuchthengst, erinnerte ihn an Grady. Die beiden hatten einen ähnlich schwierigen, grimmigen Charakter.

Laredo hatte ein Händchen für Pferde, was ihm zu einem ausgezeichneten Ruf als Cowboy verholfen hatte. Vor der Sache mit Chesterton.

Schon als kleiner Junge war er immer dabei gewesen, wenn sein Vater sich um die Pferde gekümmert hatte. Zu seinen schönsten Kindheitserinnerungen zählte, wie sein Vater ihn hochgehoben hatte, damit er mit Midnight, dem schönen Rotschimmel, sprechen und den Wallach streicheln konnte. Ansonsten erinnerte er sich kaum an seinen Vater. Er war erst sechs gewesen, als Russell Aaron Smith nicht aus dem Kriegseinsatz zurückgekehrt war. Seine Mutter Laura war daraufhin wieder zu ihren Eltern gezogen und hatte nie wieder geheiratet. Sein Großvater war ein guter Mensch gewesen, doch er hatte ein Geschäft für Büroartikel besessen und kein Verständnis für Laredos Sehnsucht nach dem Land und seine Leidenschaft für Pferde gehabt.

Als Teenager hatte Laredo jeden Sommer auf verschiedenen Ranches in der Umgebung gearbeitet. Seiner Mutter zuliebe hatte er seinen Highschool-Abschluss gemacht, aber gleich danach war er von zu Hause fortgegangen. Sie hatte sich jahrelang mit Clyde Schneider getroffen, und er hatte immer gedacht, sobald er weg wäre, würden die beiden heiraten, aber das war nicht geschehen.

Seine Mutter würde Savannah mögen, dessen war er sich sicher. Doch er würde ihr in seinem nächsten Brief noch nicht von ihr schreiben, damit sie nicht zu viel in die Sache hineininterpretierte. Es war kein Geheimnis, dass seine Mom sich Enkelkinder wünschte. Sie drängte ihn ständig, endlich sesshaft zu werden und eine Familie zu gründen. Allerdings ging er nie darauf ein, wenn sie mit dem Thema anfing. Er war nicht der Typ zum Heiraten – zumindest noch nicht, denn er konnte einer Frau nicht mehr bieten als einige hundert Hektar Land in Oklahoma und einen Zuchthengst, für den er vor Kurzem seine letzten Ersparnisse geopfert hatte und den er auf dem Weg dorthin abholen würde. Renegade hieß das Pferd, auf dem nun all seine Hoffnungen ruhten. Aber Savannah Weston hatte viel mehr verdient. Falls er je ans Heiraten denken sollte, musste es eine Frau wie sie sein.

Nebenan stimmte Wiley einen alten Hit von Kenny Rogers an, der kaum wiederzuerkennen war, und Laredo schauderte. Als Wiley in der Blockhütte erschien, war sein Haar zurückgekämmt und seine Stiefel auf Hochglanz poliert. Er trug eine braune Lederjacke und ein Bolo Tie und roch so stark nach Aftershave, dass Laredo Tränen in die Augen traten.

»Gut sehen Sie aus«, neckte er ihn.

Wiley lachte. »Ich bin bei Mrs. Johnson in Brewster eingeladen. Sie ist Witwe. Grady kann sich von mir aus totarbeiten, aber ich möchte das Leben genießen. Machen Sie sich keine Sorgen, wenn es heute Abend später wird.« Er zwinkerte ihm zu, bevor er mit beschwingtem Schritt die Hütte verließ.

Nachdem Laredo den Sattel geflickt hatte, brachte er ihn in den Stall zurück. Savannah war offenbar in der Kirche, denn er hatte gesehen, wie sie mit einer Bibel in der Hand zum Wagen gegangen war.

Er konnte sich nicht entsinnen, wann er das letzte Mal eine Kirche betreten hatte.

Gegen halb eins ertappte er sich dabei, wie er nach Savannah Ausschau hielt. Er hätte gern mehr Zeit mit ihr verbracht, aber immer, wenn er mehr als ein paar Minuten mit ihr allein war, tauchte plötzlich ihr Bruder auf. Um sie nicht in Verlegenheit zu bringen und die Kluft zu vergrößern, die zwischen den beiden bestand, entschuldigte er sich dann und ging. Deswegen aß er für gewöhnlich allein mit Wiley in der Blockhütte.

Als er den Stall verließ und ihren Wagen sah, blieb er unschlüssig stehen. Grady war losgeritten, um nach der Herde zu sehen, und würde vermutlich erst in einigen Stunden zurückkommen. Es war also eine ideale Gelegenheit.

Andererseits wollte er Savannah auch keine falschen Hoffnungen machen. Sein Entschluss stand fest – er würde nach Oklahoma aufbrechen, sobald er genug Geld für die Reparatur des Wagens zusammenhatte. Und dennoch …

Laredo schüttelte über sich selbst den Kopf. Er kannte diese Frau kaum, und selbst wenn sich zwischen ihnen etwas anbahnte, würde es zu nichts führen. Er würde in einem kleinen Wohnwagen leben müssen, während er seine Pferdezucht aufbaute, und es würde Jahre harter Arbeit kosten, bis er sich mehr leisten könnte.

Auf keinen Fall wollte er Savannah verletzen. Er wusste, dass sie sich für ihn interessierte, sosehr sie auch versuchte, das zu verbergen. Und verdammt, wem machte er eigentlich etwas vor? Er interessierte sich ganz genauso für sie. Mehr als je zuvor für eine andere.

Sie gehörte zu den Frauen, die ein Mann seiner Mutter vorstellte, und hatte daher mehr verdient als nur einen Flirt. Am besten er drehte sich auf der Stelle um und ging in die Blockhütte zurück, bevor er etwas Unüberlegtes tat, etwas, das ihr später das Herz brechen könnte.

Bevor er sich dazu durchringen konnte, trat Savannah auf die vordere Veranda. Als sie seinem Blick begegnete, hellte ihre Miene sich auf.

»Ich wollte Sie gerade fragen, ob Sie mit mir zu Mittag essen wollen!«, rief sie zu ihm herüber.

Laredo brachte es nicht über sich, ihr Angebot abzulehnen. »Ich komme sofort. Ich wasche mir nur noch die Hände.«

Als er die Küche betrat, schlug ihm der Duft von Roastbeef entgegen. Savannah nahm gerade ein Blech mit Keksen aus dem Backofen. Eine ausgesprochen behagliche Atmosphäre erfüllte den Raum. Es kam nicht oft vor, dass er eine richtige Mahlzeit an einem Tisch einnahm, noch dazu in Gesellschaft einer Frau.

»Wann haben Sie die denn gemacht?«, erkundigte er sich.

»Heute Morgen.« Sie legte die Kekse in einen Brotkorb.

Er setzte sich an den gedeckten Tisch und neigte den Kopf, während sie das Tischgebet sprach. Dann schnappte er sich einen Keks. Der war jedoch noch heiß, und er warf ihn von einer Hand in die andere, was Savannah zum Lachen brachte. An dieses Lachen könnte man sich gewöhnen, dachte er.

»Das sind Buttermilchkekse«, erklärte sie. »Das Rezept ist von meiner Mutter.« Sie wartete mit gespanntem Blick darauf, dass er von dem Keks abbiss.

Verdammt, noch nie hatte er so köstliche Kekse gegessen. Als er es ihr sagte, funkelten ihre Augen erfreut.

»Wir sind übrigens heute allein. Grady hat zu tun.« Sie mied seinen Blick.

»Soll ich lieber in der Blockhütte essen?«

»Oh nein! Ich bin gern mit Ihnen zusammen.«

»Und ich mit Ihnen«, platzte er heraus und sah, wie eine leichte Röte in ihre Wangen kroch.

»Wie war Ihr Vormittag?«, erkundigte sie sich, während sie ihm die Schüsseln reichte.

»Ich habe einige Briefe geschrieben.«

Zuerst verlief ihre Unterhaltung nur stockend, doch allmählich entspannte er sich wieder. Savannah war so natürlich, und ihre Fragen verrieten echtes Interesse.

Während sie anschließend Kaffee tranken, erkundigte sie sich nach seiner Familie, und er erzählte ihr von seiner Kindheit in Texas, dem Tod seines Vaters und dem Umzug nach Oklahoma zu seinen Großeltern, die mittlerweile beide verstorben waren. Er redete in lässigem Tonfall über diese unglücklichen Jahre, als würde er über das Wetter sprechen. Allerdings verstand sie offenbar trotzdem, was es für ihn bedeutete, jemandem all diese Dinge anzuvertrauen.

»Und Sie, Savannah?«, fragte er schließlich. »Erzählen Sie mir von Ihrer Familie.«

Savannah stand so unvermittelt auf, dass er überlegte, ob er ihr zu nahe getreten sei. Sie hatte ihm den Rücken zugewandt und stützte sich auf den Tresen. Am liebsten hätte er ihr die Hand auf die Schulter gelegt und sich bei ihr entschuldigt.

Nachdem er ihr eine geschlagene Stunde von sich erzählt hatte, war es ihm ganz natürlich erschienen, sie auch nach ihrer Familie zu fragen. Doch er hatte nicht das Recht dazu. Sie schuldete ihm nichts, gar nichts. Er stand in ihrer Schuld.

»Es tut mir leid«, flüsterte er.

»Wussten Sie, dass ich zwei Brüder habe? Grady und Richard.«

»Nein, das wusste ich nicht.«

»Richard ist jünger als ich. Er ist neunundzwanzig.« Nun drehte sie sich wieder zu ihm um.

»Wohnt er hier in der Nähe?«, erkundigte er sich sanft.

Sie schüttelte den Kopf. »Ich weiß nicht, wo er ist. Grady und ich haben ihn seit sechs Jahren nicht mehr gesehen – seit dem Tag, als wir Mom und Dad beerdigt haben.«

Laredo wusste nicht, was er darauf erwidern sollte. Nur mühsam widerstand er dem Drang, sie in die Arme zu nehmen.

»Er … ist verschwunden«, fügte sie mit bebender Stimme hinzu.

»Sie brauchen nichts mehr zu sagen. Ich hätte Sie nicht fragen sollen.« Er fühlte sich so hilflos.

»Nein … Ich möchte es Ihnen erzählen.«

Laredo nickte.

Sobald sie sich wieder gefasst hatte, fuhr sie fort: »Offenbar hatte Dad Grady gesagt, falls ihm je etwas zustoße, soll er sein Schließfach in der Bank in Brewster öffnen.« Sie machte eine Pause und biss sich auf die Lippe. »Am Tag vor der Beerdigung fuhren Grady und Richard gemeinsam zur Bank. Sie können sich bestimmt vorstellen, wie schockiert die beiden waren, als sie feststellten, dass das Schließfach voller Bargeld war. Es waren ungefähr vierzigtausend Dollar. Außerdem enthielt es einen Brief.

In dem Brief stand, dass Dad weder den Versicherungen noch den Banken traue. Da er Mom und uns drei abgesichert wissen wollte, hatte er im Lauf der Jahre immer Geld zurückgelegt, damit wir einmal genug haben würden, um die Erbschaftssteuer zu zahlen und die Ranch weiterbewirtschaften zu können. Ich glaube, meine Mutter wusste gar nichts davon.

Am nächsten Tag fand die Beerdigung unserer Eltern statt«, flüsterte sie gequält. »Ich erinnere mich nur dunkel an den Tag, obwohl ich immer wieder versucht habe, mir die Einzelheiten ins Gedächtnis zu rufen. Ich weiß noch, wie nett alle zu uns waren, aber ich weiß nicht mehr, wann ich Richard zum letzten Mal gesehen habe. Er ist verschwunden, ohne ein Wort zu sagen. Zuerst … zuerst dachten wir, ihm wäre etwas zugestoßen oder er hätte aus Kummer eine Verzweiflungstat begangen. Grady und ich waren krank vor Sorge.« Als Savannah aufblickte, sah Laredo, dass sie Tränen in den Augen hatte. »Er hat das ganze Geld mitgenommen. Er muss direkt nach der Beerdigung zur Bank gefahren sein. Dort hat er Gradys Unterschrift gefälscht und das Schließfach geleert. Das Geld hatte uns dreien gehört. Wir hatten gerade unsere Eltern verloren, und er hat alles noch schlimmer gemacht, indem er uns betrogen hat. Seitdem haben wir nichts mehr von ihm gehört.« Einige Tränen liefen ihr über die Wangen. »Grady ist seitdem völlig verändert. Er hat sich praktisch zu Tode geschuftet, um die Ranch halten zu können, und ich glaube, er hasst Richard.

Ich kann ihn nicht hassen. Schließlich ist er mein Bruder. Ich habe in gewisser Weise meine Eltern und meine beiden Brüder zur gleichen Zeit verloren.«

Nun konnte er sich nicht länger beherrschen und sprang auf. Als er sie tröstend an sich zog, ließ sie es ganz selbstverständlich geschehen und schmiegte sich an ihn, als wären sie füreinander bestimmt.

Laredo hatte keine Ahnung, wie lange sie so dagestanden hatten. Savannah hatte ihm die Arme um die Taille gelegt und barg das Gesicht an seiner Brust. Er hatte die Augen geschlossen und die Hände in ihr Haar geschoben.

Er hörte nicht, wie die Tür geöffnet wurde, doch er hätte damit rechnen müssen.

Als die Fliegentür zuknallte, riss er die Augen auf und verstärkte instinktiv den Griff, bevor er sich von Savannah löste und sich ihrem Bruder zuwandte.

»Was, zum Teufel, tun Sie da mit meiner Schwester?«, fuhr Grady ihn an.

***

Grady ging im Wohnzimmer auf und ab und überlegte, was er sagen sollte, wenn er Savannah zur Rede stellte.

Na gut, vielleicht hatte er übertrieben reagiert. Doch als er sie und Laredo eng umschlungen in der Küche gesehen hatte, hatte er vollends die Beherrschung verloren.

Er wollte nicht mit ihr streiten. Schließlich war sie seine Schwester. Aber er konnte es nicht mit ansehen, wie sie sich wegen dieses Cowboys zum Narren machte.

Ihm war klar, dass er seine Taktik ändern musste, denn bisher hatte er lediglich erreicht, dass Savannah ihn mit Schweigen strafte.

Okay, er war durchaus bereit zuzugeben, dass er auch Fehler gemacht hatte. Vor einigen Tagen hatte sie ihm sein Leibgericht gekocht, doch er war so wütend gewesen, dass er ihr Friedensangebot nicht gewürdigt hatte.

Hoffentlich würde sie ihm verzeihen. Er wollte sich mit ihr vertragen. Vielleicht gelang es ihm ja auch, sie endlich zur Vernunft zu bringen.

Seit er sie und diesen Smith in der Küche überrascht hatte, hatte sie ihm die kalte Schulter gezeigt und sich bei Einbruch der Dunkelheit in ihr Zimmer zurückgezogen. Allerdings schlief sie noch nicht. Er hörte, wie auch sie in ihrem Zimmer auf und ab ging.

Schließlich entschied sich Grady, sofort mit ihr zu reden, bevor er seine Meinung änderte. Immer zwei Stufen auf einmal nehmend, eilte er nach oben. Er atmete einmal tief durch und klopfte an ihre Tür.

»Ja?«, erwiderte Savannah kühl.

»Ich würde gern mit dir über Laredo Smith sprechen.«

Sie öffnete die Tür, ging jedoch nicht zur Seite, um ihn reinzulassen.

»Unten ist es vielleicht gemütlicher.« Er deutete auf die schmale Treppe.

Savannah zögerte und nickte dann.

Grady entspannte sich ein wenig. Mit seiner einzigen Schwester zu streiten, machte ihm mehr zu schaffen, als er zugeben wollte.

Sie folgte ihm nach unten ins Wohnzimmer und setzte sich aufs Sofa. »Ich möchte, dass du dich bei mir entschuldigst, Grady.«

»Also gut.« Resigniert hob er die Hände. »Ich entschuldige mich.«

»Wie wär's, wenn du dich auch bei Laredo entschuldigen würdest?«

Das ging entschieden zu weit. Allerdings war er klug genug, um einzusehen, dass es keinen Sinn hatte, zu widersprechen. Da er nicht still sitzen konnte, begann er wieder, im Zimmer auf und ab zu gehen. »Ich mache mir Sorgen um dich.«

»Ich bin einunddreißig und lasse mich nicht gern von meinem Bruder wie ein Kind behandeln. Du bist nicht mein Vormund. Ehrlich gesagt habe ich mich heute für dich geschämt.«

Sein Verhalten war ihm auch peinlich gewesen, aber er hatte nicht anders gekonnt.

»Es tut mir leid«, sagte er leise.

»Und warum hast du dich dann wie ein … wie ein wildgewordener Bulle aufgeführt?«

»Ich habe Angst, dass er dich verletzt.«

»Mein Leben geht dich nichts an.«

Und ob es ihn etwas anging. Schließlich war er ihr Bruder. Was Männer betraf – besonders Schwindler wie Laredo –, war Savannah völlig unbedarft. Er würde nicht zulassen, dass sie in ihr Verderben rannte. »Savannah, Kerle wie er werden dir das Herz brechen.«

Sie seufzte. »Laredo ist ein Gentleman. Ich habe geweint, und er hat mich getröstet.«

»Hat er dich zum Weinen gebracht?«

»Nein«, erwiderte sie mit einem verzweifelten Unterton. »Ich habe ihm von Richard erzählt, und wenn ich von Richard spreche, weine ich immer.«

Grady presste die Lippen zusammen. Dann ging er zu ihr und ging vor ihr in die Hocke. »Sieh mich an.«

»Ich mag Laredo.«

»Das weiß ich, und genau das macht mir ja solche Sorgen.«

»Aber warum? Hast du denn nicht gesehen, wie hart er gearbeitet hat? Er ist so nett zu mir.«

»Es gibt Dinge, die du nicht über ihn weißt«, sagte er, so sanft er konnte.

»Grady, du verstehst nicht … Er ist der erste Mann, für den ich etwas empfinde. Endlich habe ich die Chance bekommen, zu lieben und geliebt zu werden. Ich werde nicht zulassen, dass du oder sonst jemand sie mir nimmt.«

»Liebe«, meinte Grady verächtlich. »Du liebst ihn? Du kennst ihn doch kaum.«

Savannah senkte den Blick. Sie hatte die Hände zu Fäusten geballt. »Ich könnte ihn lieben und er mich auch, das weiß ich. Er versteht mich, und ich verstehe ihn.«

»Wie lange kennst du ihn? Drei Tage? Vier? Verdammt, Savannah, was ist mit dir passiert?«

Nun sah sie ihn an und lächelte. »Etwas Wundervolles.« Sie berührte seinen Arm. »Zum ersten Mal seit Jahren fühle ich mich richtig lebendig. Ich hatte ganz vergessen, wie schön das ist.«

»Oh bitte.« Er stöhnte. Sie machte es ihm so verdammt schwer.

»Grady, bitte freu dich für mich.«

»Das kann ich nicht.«

»Dann mach es mir zumindest nicht kaputt. Mehr verlange ich nicht von dir.«

Er stand auf. Was er ihr jetzt sagen musste, war wahnsinnig schwer. »Du kannst ihm nicht vertrauen.«

»Wie kannst du so etwas behaupten?« Verwirrt blickte sie ihn an. »Glaubst du wirklich, ich hätte eine so schlechte Menschenkenntnis? Er ist geduldig und großmütig, und wenn du das bestreitest, kennst du ihn nicht.«

»Du bist naiv. Er wird dich benutzen, und dann musst du allein die Konsequenzen tragen.«

Sie schwieg, wütend und schockiert zugleich. Schließlich sagte sie: »Das war unter deiner Würde.«

Was er ihr als Nächstes sagen musste, fiel ihm besonders schwer. Er hasste es, ihre Illusionen zu zerstören. »Frag mich, wo ich heute Nachmittag war.«

Sie blinzelte. »Wo warst du?«

»Ich habe bei Cal Patterson vorbeigeschaut, um einen Anruf zu tätigen.«

»Und das konntest du nicht von hier aus tun?«

»Nein. Cal hat die Namen und Telefonnummern aller Mitglieder vom Rinderzüchterverband aus dem Bezirk.«

»Du hast versucht, Informationen über Laredo zu bekommen«, flüsterte sie.

»Es macht mir keinen Spaß, dir das zu sagen, aber dein toller Laredo wurde von seinem letzten Arbeitgeber gefeuert.«

Sie wirkte ganz ruhig, doch Grady sah, dass sie die Hände im Schoß zu Fäusten geballt hatte.

»Ich habe mit Earl Chesterton gesprochen«, fuhr er fort. »Smith wurde aus einem verdammt guten Grund gefeuert.«

Zu seiner Verblüffung lächelte sie nach einem Moment. »Oh, das ist es also. Bestimmt hast du dir große Sorgen gemacht. Aber das war unnötig. Ich wusste es bereits.«

4. Kapitel

Grady freute sich nicht darauf, mit Frank Hennessey zu sprechen, aber er hatte den Besuch beim Sheriff schon lange genug hinausgezögert. Er befand sich gerade auf dem Weg in die Stadt und verstärkte unwillkürlich den Griff ums Lenkrad, als er daran dachte, dass seine vernünftige, intelligente Schwester auf einen Taugenichts wie Smith hereingefallen war.

Für Diebe brachte er absolut kein Verständnis auf, und zweifellos hatte Richards Betrug ihn darin nur noch bestärkt. Von Kindesbeinen an war sein jüngerer Bruder von allen verwöhnt und verhätschelt worden, und selbst auf der Highschool hatte er eine Kunst daraus gemacht, seine Verpflichtungen auf andere abzuwälzen. Nur zu gut erinnerte er sich daran, wie Richard sich mit seiner Wortgewandtheit stets aus den schwierigsten Lagen laviert hatte. Immer war jemand anders schuld gewesen, nie hatte Richard die Verantwortung für sein Tun übernommen.

Allerdings hatte Grady ihn nie für einen Dieb gehalten, aber dann hatte er die Wahrheit erfahren. Er hatte sogar sich selbst die Schuld daran gegeben. Er hätte Richard niemals mit zur Brewster Bank nehmen oder ihm sagen sollen, wo er den Schlüssel für das Schließfach aufbewahrte. Doch er hatte ihm vertraut und auf schmerzliche Weise erfahren müssen, dass es ein Fehler gewesen war.

Er war nicht bereit, einen weiteren Fehler zu begehen, besonders wenn es um seine Schwester ging. Savannah war die einzige Familie, die er noch hatte, und er wollte sie nicht verlieren.

Er hatte die Anwesenheit dieses Cowboys schon beinah akzeptiert gehabt, nachdem Wiley und Caroline ihm an den Kopf geworfen hatten, er sei ungerecht und würde sich furchtbar herrisch aufführen. Vielleicht hätte er diesen Herumtreiber sogar irgendwann selbst eingestellt.

Dazu war er jetzt allerdings nicht mehr bereit.

Während seines kurzen Gesprächs mit Earl Chesterton hatte er alles erfahren, was er über Laredo Smith wissen musste. Und er wollte, dass dieser so schnell wie möglich von seiner Ranch verschwand. Frank würde es verstehen, und da der Sheriff Savannah mochte, würde er ihm dabei helfen, Smith zu vertreiben.

Obwohl er glaubte, dass er sich richtig entschieden hatte, verspürte Grady Schuldgefühle, denn er wollte auf keinen Fall, dass Savannah verletzt wurde. Daher musste er dafür sorgen, dass sie mit seiner Entscheidung einverstanden war.

Dafür brauchte er Frank Hennesseys Hilfe.

Savannah behauptete, alles über Laredo zu wissen, was sie wissen müsse. Sie war ihm voll und ganz auf den Leim gegangen. Ein Dieb blieb ein Dieb, und wenn Laredo einmal gestohlen hatte, würde er es wieder tun. Sicher war er mehr als einmal mit dem Gesetz in Konflikt geraten, und genau das sollte Frank Hennessey herausfinden.

Als Grady das Büro des Sheriffs betrat, hatte Frank die Füße auf seinen Eichenschreibtisch gelegt und hielt Mittagsschlaf. Solange er sich erinnern konnte, vertrat Frank in Promise das Gesetz. Obwohl er ein fähiger Ordnungshüter war, nahm er seinen Beruf recht locker.

Grady schloss die Tür etwas lauter als nötig, und daraufhin schob Frank seinen Stetson ein Stück hoch, um einen Blick auf seinen Besucher zu werfen.

»Howdy«, begrüßte er seinen alten Freund lässig. »Was kann ich für dich tun, Grady?«

Grady zögerte. »Ich habe Ärger«, platzte er schließlich heraus.

Frank Hennessey wurde ernst und setzte sich langsam auf. »Was für Ärger?«

Grady nahm seinen Hut ab und fuhr sich über die Stirn. »Ich muss dich um einen Gefallen bitten. Ich weiß, dass du so etwas normalerweise nicht machst, aber für mich ist es die einzige Möglichkeit, Savannah zu schützen.«

»Was ist mit Savannah?«, erkundigte Frank sich unvermittelt und deutete auf den Stuhl gegenüber von seinem Schreibtisch.

»Du hast doch sicher davon gehört, dass sie diesen Herumtreiber für ihren Rosengarten eingestellt hat.«

Ein Lächeln umspielte Franks Mundwinkel. »Die Geschichte hat mittlerweile schon zweimal die Runde gemacht, und Lydia konnte gar nicht mehr aufhören darüber zu sprechen.«

Es passte Grady überhaupt nicht, dass die Leute nun schon über Savannah redeten. Er sah Frank finster an.

Offenbar hatte der den Wink verstanden, denn er räusperte sich und warf ihm einen entschuldigenden Blick zu. »Du weißt ja, wie gern hier getratscht wird.« Missbilligend runzelte er die Stirn. Dabei war allgemein bekannt, dass er selbst gern in der Gerüchteküche mitmischte.

Die Tatsache, dass die Neuigkeit sich in der ganzen Stadt verbreitet hatte, machte alles noch komplizierter. Daher musste Grady jetzt wohl zur Sache kommen und den Rest Frank überlassen.

»Ich traue ihm nicht. Zuerst mal glaube ich, dass ›Smith‹ nicht sein richtiger Name ist.«

Frank rieb sich nachdenklich das Kinn. »Meinst du nicht, dass er sich einen originelleren Namen ausgedacht hätte, wenn das der Fall wäre?«

»Es geht nicht darum, warum er den Namen gewählt hat«, wandte Grady ein.

»Hast du abgesehen davon einen Grund, ihm nicht zu trauen?«

»Sehr viele sogar. Smith hat gesagt, dass er zuletzt für Earl Chesterton auf der Triple C Ranch in Williamsburg gearbeitet habe. Deswegen habe ich Earl angerufen. Von ihm habe ich erfahren, dass er den Typen wegen Diebstahls gefeuert hat.«

Frank zog die Augenbrauen hoch. »Warum hat Earl keine Anzeige gegen ihn erstattet?«

»Das habe ich ihn auch gefragt. Offenbar stand Aussage gegen Aussage, und es gab keine Beweise. Earl hat auch den anderen Mann gefeuert, der Smith beschuldigt hat.«

»Ach so«, meinte Frank. »Smith hätte bestimmt nicht erwähnt, dass er auf der Triple C gearbeitet hat, wenn er etwas zu verbergen hätte.«

Grady seufzte. »Ich möchte dich bitten, Smith zu überprüfen.« Ihm war klar, dass es ziemlich viel verlangt war. Trotzdem hoffte er auf Franks Unterstützung.

Der Sheriff lehnte sich stirnrunzelnd zurück und überlegte einen Moment. »Ich verstehe ja, dass du dir Sorgen um Savannah machst. Deine Schwester ist einer der gutherzigsten Menschen, die ich kenne, und wenn dieser dahergelaufene Cowboy sie verletzt, wird er es mit mir und halb Promise zu tun bekommen.«

»Du machst es also?«, fragte Grady erleichtert.

»In Ordnung, ich werde ihn überprüfen«, erwiderte Frank widerstrebend.

Nachdem er dem Sheriff die Hand geschüttelt hatte, verließ er das Büro. Auf dem Rückweg beschloss er, bei der Post vorbeizuschauen und mit Caroline zu sprechen. Vielleicht würde es ihr ja gelingen, zu Savannah durchzudringen. Also kehrte er um und fuhr auf den Parkplatz. Dort angekommen, fragte er sich, ob dieser Besuch eine kluge Idee sei. Im vergangenen Jahr hatte er zum ersten Mal richtig Notiz von Caroline Daniels genommen. Sie war jünger als Savannah, und obwohl sie bereits seit Jahren mit ihr befreundet war, hatte er sie immer für viel zu jung gehalten. In letzter Zeit fiel es ihm jedoch schwer, zu verdrängen, was für eine attraktive Frau sie war.

Allerdings war Caroline auch eigensinnig und rechthaberisch. Sie gerieten häufig aneinander. Und dann gab es da noch ein Problem.

Maggie.

Er mochte die Kleine, aber aus irgendeinem Grund hatte sie Angst vor ihm. Mittlerweile hielt er sich lieber von ihr fern, wenn Savannah montagabends auf sie aufpasste, um das Mädchen nicht zu verschüchtern.

Trotzdem beschloss er, Caroline bei dieser Sache um Savannahs willen um Hilfe zu bitten.

Zum Glück war sie allein, als er auf den Schalter zuging.

Sie war gerade dabei, Post zu sortieren, und blickte auf. »Hallo, Grady.«

»Hast du schon zu Mittag gegessen?«, erkundigte er sich unvermittelt. Verdammt, diese Einladung war ihm irgendwie rausgerutscht.

Verblüfft sah sie ihn an. »Es ist halb vier.«

»Wie wäre es dann mit einem Kaffee?« Er hatte offenbar vollkommen die Zeit vergessen. Kein Wunder, dass er so hungrig war!

»Eine kurze Pause kann nicht schaden«, sagte Caroline. Sie musterte ihn neugierig und bedeutete ihm, zu ihr hinter den Schalter zu kommen. Dann holte sie zwei Becher aus dem Hinterzimmer und schenkte ihnen ein. »Worum geht's?«

»Um Savannah«, erwiderte Grady unverblümt. »Ich

mache mir Sorgen ihretwegen und wegen dieses Herumtreibers.«

»Er hat einen Namen«, sagte sie und rührte einen Teelöffel Zucker in ihren Kaffee.

»Sicher. Smith.«

»Laredo Smith.«

»Also gut. Laredo Smith.« Wie schaffte diese Frau es bloß, dass er sich gleichzeitig zu ihr hingezogen fühlte und sich über sie ärgerte?

Über den Rand ihres Bechers hinweg blickte sie ihn an. »Wo liegt das Problem?«

»Ich habe Angst davor, dass er sie ausnutzen könnte.«

»Hast du denn kein Vertrauen in ihr Urteilsvermögen?«

»Natürlich habe ich das«, raunte er aufbrausend. »Es ist nur … Savannah ist naiv und verletzlich. Sie hat kaum Erfahrung mit Männern, besonders nicht mit Schmeichlern wie Laredo Smith.«

»Laredo ist ein Schmeichler? Das ist mir noch gar nicht aufgefallen.« Caroline trank einen Schluck. Offenbar sollte er nicht merken, dass sie lächelte.

»Ist irgendetwas daran komisch?«, erkundigte er sich herausfordernd.

»Natürlich nicht.« Gespielt ernst sah sie ihn an, was ihn noch wütender machte.

»Es war wohl ein Fehler, hierherzukommen.« Er stellte den Becher auf den Schalter. »Ich hätte mir denken können, dass du das Ganze komisch findest.« Dann wandte er sich ab, doch sie hielt ihn zurück.

»Grady.«

Er zögerte.

»Ich glaube, du hast keinen Grund, dir Sorgen zu machen. Savannah ist der vernünftigste Mensch, den ich kenne.«

Genau das hatte er auch immer geglaubt. »Sie ist überhaupt nicht mehr sie selbst. Er hat sie verändert.«

»Ja, das hat er.«

»Dann weißt du also, was ich meine?«

Nun wurde ihr Blick sanft. »Siehst du denn nicht, wie glücklich sie ist? Ich habe vielleicht keine so gute Menschenkenntnis, aber ich glaube nicht, dass Laredo die Inkarnation des Bösen ist. Als ich Maggie am Montagabend abgeholt habe, hat sie die ganze Zeit von ihm geredet. Meine Kleine war ganz begeistert von ihm. Nicht jeder Mann würde sich hinsetzen und einer Fünfjährigen vorlesen, bis sie einschläft. Savannah hat mir erzählt, dass sie zu dritt eine Stunde bei den neugeborenen Kälbern verbracht haben.«

»Mit anderen Worten, Maggie mag ihn auch«, meinte Grady leise. Das Mädchen mochte Smith, aber ihn nicht. Anscheinend war Caroline nicht klar, dass diese Neuigkeit ein Schlag ins Gesicht für ihn war.

»Es ist viel mehr als das.«

»Tatsächlich?«, fragte er sarkastisch.

»Wovor hast du eigentlich wirklich Angst?«

Zum ersten Mal klang sie besorgt. Nachdem er ihr einen Moment in die Augen geblickt hatte, sagte er: »Ich möchte nicht, dass irgendjemand meine Schwester ausnutzt.«

»Sie ist alt genug, um zu wissen, was sie will.«

»Sie ist zu vertrauensselig.«

»Ist das so schlimm?«

»Ja!«, rief er gereizt. »Ich habe Angst davor, dass sie irgendwann schwanger ist und ganz allein dasteht.«

In Carolines Augen trat ein gequälter Ausdruck. »Mit anderen Worten, du hast Angst davor, dass deine Schwester so endet wie ich, ja?«

Er suchte nervös nach den richtigen Worten. »So habe ich es nicht gemeint.«

»Natürlich hast du das.«

»Wirst du mit ihr reden?«, fragte er hoffnungsvoll. Da sie ihn weiterhin geistesabwesend ansah, fügte er hinzu: »Darüber, dass sie diesen Smith loswerden muss, bevor er sie verletzt.«

»Nein«, entgegnete Caroline.

»Nein?«

»Wenn ich überhaupt mit jemandem darüber reden würde, dann mit dir«, erklärte sie energisch. »Und ich würde dir raten, Savannah ihr eigenes Leben leben zu lassen.«

»Und sich zum Narren zu machen?«

»Wenn es dazu kommt, ja. Schließlich ist sie kein Kind mehr, sondern eine Frau, die ihre Entscheidungen sehr wohl für sich allein treffen kann. Grady, ich schwöre dir, dass ich es dir niemals verzeihen werde, wenn du ihr die Chance nimmst, glücklich zu werden.«

»Mit einem dahergelaufenen Cowboy?«, höhnte er.

»Ja«, erwiderte sie prompt.

Ohne ein weiteres Wort stellte er seinen Becher hin und ging zur Tür hinaus. Er war wütend. Allerdings viel mehr auf sich als auf Caroline. Er hätte sich denken können, dass es keinen Sinn hatte, mit ihr zu reden, denn schließlich war sie Savannahs beste Freundin. Sie war genauso dickköpfig wie seine Schwester. Und nicht annähernd so taktvoll wie sie.

***

»Hi«, sagte Savannah schüchtern, als sie sich am Nachmittag im Rosengarten zu Laredo gesellte, ein Tablett mit zwei Gläsern Eistee in Händen. Rocket begleitete sie. Da er so alt war, dass er kaum noch laufen konnte, blieb er normalerweise im Haus. Momentan wirkte er jedoch etwas lebhafter als sonst und war ihr nach draußen in die Sonne gefolgt.

»Hi«, erwiderte Laredo und stützte sich auf die Hacke, mit der er gerade ein Beet bearbeitete.

Wie immer, wenn sie ihn sah, schlug ihr Herz vor Aufregung und Freude schneller. Sie hatte sich nie schön gefunden, doch in seiner Gegenwart fühlte sie sich weiblich und begehrenswert.

»Möchtest du einen Eistee?«, erkundigte sie sich.

»Das klingt fantastisch.« Er legte die Hacke weg, nahm ihr das Tablett ab und ging voran zu dem kleinen schmiedeeisernen Tisch hinten im Garten. Sie hatte den Tisch ganz bewusst zwischen die alten Rosen gestellt, um ihre besondere Schönheit und ihren Duft genießen zu können.

Rocket tapste hinter ihnen her und legte sich mit einem Winseln unter den Tisch.

»Ich bin fast fertig mit Hacken.« Laredo beugte sich vor, um Rocket hinter den Ohren zu kraulen.

Für ihren Geschmack erledigte er seine Arbeit viel zu schnell und geschickt. Ihr wäre es lieber gewesen, wenn er mehr Zeit für seine Aufgaben gebraucht hätte, damit er nicht so bald fertig war. Doch in spätestens zwei Tagen würde es nichts mehr zu tun geben.

»Wiley ist vorhin hier gewesen.« In wenigen kräftigen Schlucken trank er sein Glas halb aus. Dann fuhr er sich mit dem Handrücken über den Mund und beugte sich wieder vor, um Rocket zu streicheln. Savannah betrachtete den Hund und lächelte, als dieser leise zu schnarchen begann.

»Er hat mir erzählt, dass Roanie lahmt, und mich gebeten, es mir mal anzusehen. Es macht dir doch nichts aus, oder?«

Wiley, Laredo und sie waren übereingekommen, Grady nicht zu erzählen, dass Laredo eines der Pferde behandelte, zumal sie so die Kosten für den Tierarzt sparen konnten.

»Natürlich macht es mir nichts aus«, versicherte Savannah.

»Ich muss seine Fessel wahrscheinlich bandagieren.«

Savannah nickte. »In Ordnung. Ich bin dir sehr dankbar.« Sie bewunderte ihn aber nicht nur für seinen Umgang mit den Pferden. Er hatte ihre ganze Welt auf den Kopf gestellt, seit er vor einer Woche ihren Wagen angehalten hatte. Eine Woche. Sieben Tage, und dennoch kam es ihr bereits so vor, als wäre er schon immer ein Teil ihres

Lebens gewesen. Die anderen hätten es vielleicht als lächerlich abgetan, aber ihr war, als hätte ihr Leben jetzt erst richtig begonnen.

Sie lächelte in sich hinein. So wie Grady sich aufführte, hätte man denken können, sie wäre bereits Laredos Geliebte. Dabei hatte er sie nicht einmal geküsst.

Doch sie wünschte, er würde es tun … Ständig träumte sie davon. Sehnte sich danach, von ihm berührt zu werden. Zum ersten Mal, seit sie sich entsinnen konnte, hatte sie ihren Bruder angelogen. Sie hatte gesagt, sie würde Laredo noch nicht lieben, könnte es aber.

Doch sie liebte bereits so vieles an ihm. Sie liebte ihn dafür, dass er ihre Rosen so hegte und pflegte. Für seine liebevolle Art, mit Tieren umzugehen. Für seine Ehrlichkeit. Für seine Geduld mit Maggie und, was am wichtigsten war, für die Freude, die er in ihr Leben gebracht hatte. Wenn sie morgens aufwachte, verspürte sie ein aufregendes Glücksgefühl, weil sie wusste, dass sie ihm in der Küche begegnen würde. Abends lag sie wach und träumte von ihm. Es waren Träume, von denen sie nie geglaubt hatte, dass sie einmal wahr werden könnten.

Und sie wusste instinktiv, dass Laredo ihre Gefühle erwiderte.

»Kann ich heute Nachmittag sonst noch irgendetwas für dich tun?«, erkundigte er sich nun.

Savannah schüttelte den Kopf. »Ich muss bald los.«

»Wenn du in die Stadt fährst, würde es dir etwas ausmachen, dich in Powells Werkstatt nach meinem Pick-up zu erkundigen?«

»Das … das kann ich in den nächsten Tagen gern machen. Aber heute will ich eigentlich nicht in die Stadt.« Sie hatte gehofft, er würde sie nicht fragen, wohin sie wolle. Niemand sollte wissen, dass sie noch einmal zur Geisterstadt fuhr. Obwohl ihr dabei unbehaglich zumute war, hatte sie sich dazu durchgerungen, weil sie fest davon überzeugt war, dort noch mehr alte Rosen zu finden.

»Savannah.« Er berührte ihre Hand und sah sie eindringlich an. »Du möchtest wieder nach Bitter End fahren, stimmt's?«

Sie senkte den Blick und nickte, weil sie wusste, dass er es genauso wenig gutheißen würde wie Grady. »Bestimmt gibt es dort noch mehr Rosen.« In der vergangenen Woche war sie zu der Überzeugung gelangt, dass sie sich die unheimliche, bedrückende Atmosphäre nur eingebildet hatte. Grady hatte sie so oft davor gewarnt, die Geisterstadt zu suchen, dass ihre Fantasie mit ihr durchgegangen sein musste. Und selbst wenn sie es sich nicht eingebildet hatte, so würde es auch diesmal gutgehen.

»Dein Bruder …«

»Er ist momentan mit vielem nicht einverstanden, was mich betrifft. Aber ich fahre wieder nach Bitter End, mit oder ohne seine Zustimmung.«

»Es gibt doch sicher einen guten Grund dafür, dass Grady dir davon abrät, nach Bitter End zu fahren.«

»Er ist einfach nur überängstlich.«

»Ich kenne ihn nicht«, meinte Laredo leise, »aber es ist offensichtlich, dass er dich liebt und sich Sorgen um dich macht. Du solltest seinen Rat beherzigen.«

Wenn sie sich nicht bereits in ihn verliebt hätte, dann hätte sie es in diesem Moment getan. Er hatte für Grady Partei ergriffen, obwohl dieser ihm nur Probleme gemacht hatte.

»Das versteht er nicht«, erwiderte sie genauso leise.

»Wo liegt es überhaupt? Bisher hat sonst niemand eine Geisterstadt in dieser Gegend erwähnt.«

»Ich glaube, es wissen nicht viele davon.« Als Teenager hatte Grady die Stadt gefunden und ihr versprochen, sie dorthin mitzunehmen. Soweit sie sich entsann, war es das einzige Mal, dass er sein Wort gebrochen hatte. »Grady war einmal da, aber er wollte nicht darüber sprechen. Er hat nur gesagt, dass er nie wieder dorthin zurückkehren würde, schon gar nicht mit seiner kleinen Schwester.«

»Und wie hast du sie dann gefunden?«

Savannah lachte. »Das war nicht leicht. Ich habe Wochen gebraucht.«

»Und warum jetzt? Wegen der alten Rosen?«

Sie lächelte. »Ich habe in einer meiner Gartenzeitschriften einen Artikel über einen Mann gelesen, der auf einem Friedhof in einer Geisterstadt eine große Anzahl alter Rosen gefunden hat. Ich hatte Bitter End fast vergessen, aber als es mir wieder einfiel, ging es mir nicht mehr aus dem Kopf. Also habe ich Grady danach gefragt, aber irgendwann hat er Verdacht geschöpft und sich geweigert, noch mehr zu erzählen.«

Laredo runzelte die Stirn. »Savannah«, meinte er eindringlich, »wenn dein Bruder sich solche Sorgen macht, dann tue ich es auch. Fahr nicht dorthin.«

»Bitte verlang das nicht von mir«, flüsterte sie.

Er stand auf und kam zu ihr. »Dann fahr wenigstens nicht allein.«

»Aber es gibt niemanden …«

»Doch, mich.«

Sie lehnte sich zurück, um ihn besser sehen zu können. »Das würdest du für mich tun?«

Laredo nickte und kniete sich vor sie. Ernst sah er sie an. »Versprich es mir.«

»Ich verspreche es.« Sie verspürte den Drang, ihn zu berühren. Zögernd umfasste sie mit einer Hand sein Gesicht. Die Bartstoppeln auf seiner Wange kitzelten rau auf ihrer Haut. Es war ein unbeschreiblich sinnliches Gefühl.

Er schloss die Augen und umfasste ihr Handgelenk. »Du machst es fast unmöglich.«

»Unmöglich?«, flüsterte sie. Das Atmen fiel ihr plötzlich schwer, und ihr Puls raste.

»Weißt du es denn nicht?«, brachte er hervor.

»Ich möchte, dass du mich küsst, Laredo. Ich habe jede Nacht von dir geträumt.«

»Savannah, bitte.«

»Soll ich meine Gefühle ignorieren? Das kann ich nicht.«

Er umfasste ihr Gesicht und sah ihr in die Augen. In seinem Blick lagen Entschlossenheit und Verzweiflung. »Grady hat es dir schwer genug gemacht. Ich will es dir nicht …«

»Was mein Bruder denkt, ist mir egal«, raunte sie heiser. »Ich weiß, was ich fühle. Ich sehne mich nach dir.«

Er schob die Hände in ihr Haar und beugte sich langsam zu ihr. Sobald seine Lippen ihre berührten, vergaß Savannah alles um sich herum. Er küsste sie so verlangend, dass sie ein heißer Schauer durchfuhr. Obwohl sie kaum Erfahrungen mit Männern gesammelt hatte, war sie doch einige Male geküsst worden. Aber nie so leidenschaftlich. Bei jedem anderen hätte es ihr Angst gemacht.

Doch nicht bei Laredo. Er zog sie in seine Arme. Ihr wurde bewusst, dass sie womöglich seine Rippen quetschte, doch Laredo zerstreute ihre Befürchtung, indem er sie noch enger an sich schmiegte.

Schließlich stöhnte er auf und löste sich von ihr. »Das hätte nicht passieren dürfen«, sagte er gequält. »Ich möchte dich nicht verletzen.«

»Du könntest mich niemals verletzen.« Sie vergrub das Gesicht an seiner Brust. Noch nie hatte sie einen Mann gebeten, sie zu küssen. Doch sie bereute es keine Sekunde lang, sondern fragte sich vielmehr, warum sie es bei ihm nicht schon früher getan hatte. Sie hatte keine Ahnung gehabt, dass ein Kuss sich so anfühlen konnte.

»Sag etwas«, bat sie. »Ich muss wissen, dass du genauso empfindest.«

»Ich glaube, ich wusste es schon in dem Moment, als wir uns zum ersten Mal begegnet sind«, sagte er. Dann stand er auf und ging.

»Laredo?«

»Ich habe Wiley versprochen, nach Roanie zu sehen.«

Er hatte ihr also nichts mehr zu sagen und wollte auch

nicht hören, was sie ihm zu sagen hatte. »Okay.« Resigniert senkte sie den Kopf.

Am Tor angekommen, drehte er sich noch einmal um. »Du fährst also nicht ohne mich zur Geisterstadt?«

»Nein.«

Er nickte und zögerte kurz, bevor er sich abwandte. Savannah schaute ihm nach und stand schließlich auf, um die leeren Gläser ins Haus zu bringen. Obwohl er so plötzlich gegangen war, fühlte sie sich überglücklich. Er hatte sie geküsst! Und es war wundervoll gewesen.

Außerdem hatte er ihr gesagt, dass er seit Tagen schon an diesen Kuss gedacht hatte. Genau wie sie. Er hatte ihr praktisch gestanden, dass er sich in sie verliebt hatte.

»Oh bitte.« Sie schloss die Augen und faltete die Hände. »Lass es wahr sein. Lass es ihn wirklich so meinen.« Eigentlich war der Kuss Beweis genug gewesen.

Da sie an diesem Nachmittag nichts zu tun hatte, machte sie Schokoladenplätzchen, eine ihrer Spezialitäten. Einen Teil davon fror sie für Maggie ein, die anderen füllte sie in die Keksdose.

Da die Küchentür offenstand, hörte Savannah, wie Gradys Pick-up auf den Hof fuhr. Kurz darauf rief ihr Bruder verzweifelt: »Savannah!«

Erschrocken eilte sie zur Tür und sah, wie er aufs Haus zukam.

»Was ist los, Grady?«

»Du sollst nicht mit ihm reden!«

»Komm schon«, erwiderte sie ungeduldig, »das haben wir doch bereits besprochen. Laredo …«

»Nicht mit Laredo«, fuhr er sie an, als wäre sie begriffsstutzig.

»Mit wem dann?«

»Mit Richard.«

»Richard?« Erst dann bemerkte sie ihren jüngeren Bruder. Ihren »großen Jungen«, den sie als Baby umsorgt und verhätschelt hatte. Er kam langsam die lange Auffahrt hoch, einen schweren Koffer in der Hand und den Blick auf das Haus gerichtet, als wäre es das Einzige, was ihn auf den Beinen hielt.

»Richard!«, rief sie und presste sich die Hände auf den Mund. »Grady, wie konntest du nur an ihm vorbeifahren?«

»Er ist hier nicht willkommen.«

»Aber er ist unser Bruder.« Ohne sich darum zu kümmern, was Grady dachte, lief sie die Treppe hinunter. Richard. Endlich war er da. Jetzt würden sie die Wahrheit erfahren, und ihre Welt würde wieder in Ordnung sein.

Richard war nach Hause gekommen.

5. Kapitel

Er hat sich verändert, dachte Savannah. Obwohl Richards Sachen staubig waren und er völlig erschöpft aussah, wirkte er im Gegensatz zu damals weltgewandt und irgendwie fremd. Doch das spielte keine Rolle mehr, als er sie zur Begrüßung umarmte und an sich drückte.

»Lass mich runter, Richard«, quietschte sie weinend und lachend zugleich.

»Es ist so schön, dich zu sehen, große Schwester.« Seine Miene hellte sich auf. »Du bist noch schöner, als ich dich in Erinnerung hatte.«

Hastig wischte sie sich die Tränen fort. »Ich kann gar nicht glauben, dass du es bist.«

»Ich bin zu Hause. Du hast ja keine Ahnung, wie schön das Haus aussieht.«

In diesem Moment war sie fast bereit, ihm zu verzeihen.

»Komm ja nicht auf die Idee, dich hier wie zu Hause zu fühlen.« Grady stand auf der obersten Stufe, die Arme vor der Brust verschränkt, und versperrte den Weg zur Tür.

Nachdem Richard sich von Savannah gelöst hatte, wandte er sich ihm zu.

»Grady«, sagte sie warnend. »Gib ihm die Chance, es uns zu erklären.«

Langsam ging Richard auf Grady zu und blieb schließlich stehen. »Du hast allen Grund, wütend zu sein.«

»Richtig.«

»Was ich getan habe, war verabscheuungswürdig.« Richard streckte Savannah die Hand entgegen, und daraufhin kam sie zu ihm.

Sie waren eine Familie, und wenn sie einander nicht verzeihen konnten, waren sie Heuchler, wenn sie jeden Sonntag in die Kirche gingen. Allerdings war es nicht das, was Grady hören wollte. Noch nicht. Er verlangte erst Sühne.

»›Verabscheuungswürdig‹ ist nur eines von vielen Wörtern, die mir einfallen, wenn ich an dich denke.« Seine Miene war unnachgiebig, und er rührte sich keinen Zentimeter. Wenn nicht etwas Drastisches passierte, würde er nicht zulassen, dass Richard ihr Elternhaus betrat.

Beschämt senkte ihr kleiner Bruder den Kopf. »Ich mache dir keinen Vorwurf daraus, dass du mich hasst.«

»Oh Richard, du ahnst nicht, wie schwer es für uns war«, rutschte es Savannah heraus.

»Es tut mir so leid. Ich war jung und dumm, und nachdem ich mir eingestanden hatte, was ich getan hatte, konnte ich … Grady und dir nicht gegenübertreten, weil ich mich so geschämt habe.«

»Du hast deine eigene Familie bestohlen«, stieß Grady hervor.

»Ich war verrückt vor Kummer. Ich habe nicht nachgedacht. Ich wusste nur, dass Mom und Dad nicht mehr da sind.«

»Und dass Dad eine große Summe beiseitegelegt hatte«, bemerkte Grady.

Richard ließ die Schultern hängen. »Ich bin nie ein guter Cowboy gewesen. Nach Moms und Dads Tod hättest du von mir erwartet, dass ich auf der Ranch mithelfe, und das hätte ich nie gekonnt. Ich konnte noch nie mit Kühen umgehen, das hast du selbst mal gesagt.« Er lächelte schief.

Grady schwieg. In seinen Augen lag ein harter, kalter Ausdruck.

»Ich weiß, dass es falsch war, das Geld zu nehmen. Seitdem habe ich mich tausendmal verflucht, weil ich so dumm war, so habgierig.«

»Du hättest uns anrufen sollen«, schaltete Savannah sich in vorwurfsvollem Ton ein. »Du hättest uns sagen können, wo du steckst. Grady und ich haben uns furchtbare Sorgen gemacht.« Sie sah Grady an, doch er schwieg immer noch.

»Ihr ahnt gar nicht, wie oft ich mit dem Gedanken gespielt habe, nach Hause zu fahren«, sagte Richard leise. »Du hast recht, Savannah. Ich hätte anrufen sollen, aber ich hatte Angst vor eurer Reaktion.«

»Was ist mit dem Geld passiert?«, fragte Grady.

»Das Geld …« Richard seufzte vielsagend.

»Du hast es auf den Kopf gehauen«, schlussfolgerte Grady verächtlich.

»Ich habe es in ein Geschäft investiert.« Verzweifelt blickte Richard erst zu Savannah, dann zu Grady. »Ich wollte den Gewinn mit euch teilen, weil ich dachte, ihr würdet mir dann verzeihen und wir könnten so weitermachen wie vorher. Aber ...« Er verstummte und wandte den Blick ab. »Es war eine Fehlinvestition.«

»Mit anderen Worten, du hast alles verloren.«

Richard nickte langsam. »Es war eine bittere Lektion. Aber ihr müsst mir glauben. Ich wollte unbedingt nach Hause kommen.« Seine Stimme bebte jetzt. »Zu dem Zeitpunkt habe ich euch beide so vermisst, dass ich alles getan hätte, um zurückkehren zu können.«

»Du hättest uns schreiben können«, sagte Savannah. Monatelang hatte sie auf einen Brief, einen Anruf, irgendeine Nachricht von ihm gewartet. Sie hatte die Hoffnung nicht aufgegeben und sich geweigert zu glauben, dass Richard sie bestehlen und dann einfach verschwinden würde.

»Ich wollte mich ja melden«, erwiderte er. »Ich habe es versucht, aber ich konnte mich noch nie besonders gut ausdrücken. Wie hätte ich all das in einem Brief oder einer Nachricht erklären sollen?«

Grady lachte auf. »Du wirfst genauso geschickt mit aalglatten Phrasen um dich wie ein schmieriger Werbevertreter.«

Ein gequälter Ausdruck trat in Richards Gesicht. »Du hasst mich, stimmt's, Grady?«

»Wie könnten wir dich hassen?«, warf Savannah schnell ein. »Du bist unser Bruder.«

Er fing sich ein wenig und blickte sich auf dem Hof um. »Ihr seid offenbar gut allein zurechtgekommen. Die Ranch sieht toll aus.«

»Und das haben wir nicht dir zu verdanken.«

»Denk doch mal nach, Grady. Was hätte es euch genützt, wenn ich hiergeblieben wäre? Okay, ich gebe zu, dass es hinterhältig von mir war, das Geld zu stehlen, aber im Grunde habe ich mir nur ein bisschen früher meinen Teil des Erbes genommen.«

»Wir hätten die Ranch beinah verloren«, erklärte Savannah. »Offenbar hast du keine Ahnung, wie schwer es für Grady und mich war.«

»Es tut mir leid.« Es klang aufrichtig. »Wie oft muss ich es euch noch sagen?«

»Es tut dir leid?«, höhnte Grady.

Richard achtete nicht darauf. »Wäre es wirklich so schlimm gewesen, wenn ihr gezwungen gewesen wärt, das Land zu verkaufen?«

»Was soll das heißen?« Savannah glaubte, sich verhört zu haben. Die Ranch befand sich seit Generationen in Familienbesitz. Generationen von Westons waren hier auf dem kleinen Friedhof auf der Anhöhe begraben. Dieses Land war ihr Erbe, ihre Zukunft. Dass Richard so etwas sagte, bewies, wie wenig er dieses Vermächtnis schätzte.

»Heute weiß doch jeder, dass es nicht gesund ist, viel rotes Fleisch zu essen«, fuhr er fort, als er merkte, dass seine Worte sie aufgebracht hatten. »Soweit ich weiß, hat die Rindfleischindustrie in letzter Zeit einen merklichen Rückgang zu verzeichnen. Deshalb überrascht es mich, dass ihr die Ranch so lange behalten habt.«

Savannah fühlte sich wie vor den Kopf gestoßen. Sie konnte sich beim besten Willen nicht vorstellen, dass in Richards Adern dasselbe Blut floss wie in Gradys und ihren. Doch er war ihr kleiner Bruder. Trotz ihrer unterschiedlichen Ansichten wollte sie sich nicht von ihm abwenden.

»Glaubst du, alles kommt einfach wieder in Ordnung, wenn du sagst, dass es dir leidtut?« Gradys Stimme bebte vor Zorn. »Glaubst du wirklich, du könntest hier einfach so wieder auftauchen und ein Teil der Familie sein? Das wirst du nämlich nicht.«

Verwirrt sah Richard zu Savannah. »Aber ich bin bereit, alles zu tun, um es wiedergutzumachen.«

»Glaubst du wirklich, du kannst mir sechs Jahre harter Arbeit zurückgeben?«, rief Grady. »Tage, an denen ich fünfzehn Stunden durchgearbeitet habe. Tage, an denen ich für zwei geschuftet habe. Kannst du das?«

Richard stand regungslos da und schwieg.

»Sechs Jahre lang habe ich so viele Probleme gehabt, dass ich nicht schlafen konnte.« Langsam kam Grady die Stufen herunter. Sie hatte ihn noch nie so wütend erlebt. Man konnte all die Verbitterung spüren, die in ihm kochte.

»Ich kann die Vergangenheit nicht ändern«, erwiderte Richard leise. »Aber ich hatte gehofft, wir könnten alles vergessen und noch einmal von vorn anfangen.«

»Ich bin doch nicht verrückt.« Grady stand jetzt vor ihm und funkelte ihn an. »Du zeigst überhaupt kein Bedauern. Du hast uns nicht mal um Verzeihung gebeten. Was möchtest du noch von uns? Du hast dein Erbe bekommen. Und nun verschwinde von unserem Land.«

»Du willst, dass ich gehe?«, fragte Richard ungläubig und sah Savannah an, doch sie wandte sich ab. »Ihr seid meine Familie!«, rief er. »Das ist nicht dein Ernst. Okay, du hast recht, ich hätte euch um Verzeihung bitten sollen. Das wollte ich ja auch … Deswegen bin ich zurückgekommen. Wie ich bereits sagte, will ich es wiedergutmachen.«

Savannah war hin- und hergerissen.

»Daran hättest du eher denken müssen«, erklärte Grady knapp.

Sie wünschte sich, dass sie ihre Differenzen beilegen und Richard wieder in ihre Familie aufnehmen konnten, aber Grady hatte recht. Ihr kleiner Bruder hatte kein echtes Bedauern gezeigt.

»Ist das dein Ernst?«, fragte Richard. »Du willst, dass ich von hier verschwinde?«

»Noch nie in meinem Leben habe ich etwas so ernst gemeint.«

»Ich … ich habe keinen Job. Ich habe … im Verkauf gearbeitet, aber dann hat die Firma Stellen abgebaut. Ich weiß nicht, wohin ich gehen soll. Den Scheck über meine Abfindung wird man mir hierherschicken.« Hoffnungsvoll sah er Grady und Savannah an.

Auch sie suchte Gradys Blick, doch der weigerte sich

stur, in ihre Richtung zu schauen. Es fiel ihr verdammt schwer, zu schweigen.

»Du auch, Savannah?«, flüsterte Richard gequält. »Willst du auch, dass ich verschwinde?«

Sie wusste nicht, was sie darauf erwidern sollte. Natürlich wollte sie, dass er blieb, aber würden sie tatsächlich noch einmal von vorn beginnen können?

»Ich bin ruiniert«, fuhr Richard mit bebender Stimme fort. »Das Geld ist weg. Ich habe meinen Job verloren und keine Ersparnisse. Ich wollte nur noch zurück zu dir und Grady.«

Ihre Augen füllten sich mit Tränen, und sie biss sich auf die Lippe.

Ohne auf ihre Antwort zu warten, bückte sich Richard, um seinen Koffer hochzuheben. Dann schwankte er, fing sich jedoch im letzten Moment wieder.

Jetzt konnte sie nicht länger schweigen. »Grady, bitte! Er fällt gleich in Ohnmacht. Nur eine Nacht.« Sie legte den Arm um Richard. »Lass ihn nur eine Nacht hierbleiben.«

»Also gut«, gab Grady schließlich widerstrebend nach. »Aber er übernachtet in der Blockhütte. Und gleich morgen früh verschwindet er von hier. Verstanden?«

»Danke«, sagte Richard leise. »Du wirst es nicht bereuen, das verspreche ich dir. Ich werde eine Möglichkeit finden, alles wiedergutzumachen. Ich werde tun, was ihr wollt, wenn ihr mich bleiben lasst. Ihr seid die einzige Familie, die ich habe.«

***

Da Laredo im Garten gewesen war, hatte er mitverfolgt, wie Richard auf die Ranch zurückgekehrt war. Als er gegen Abend die Küche betrat, war Savannah ein einziges Nervenbündel. Es duftete herrlich nach Keksen, und auf dem Küchentresen standen ein Apfelkuchen und ein Braten, den sie offenbar frisch aus dem Ofen geholt hatte.

Als sie Laredo sah, hellte ihre Miene sich auf, und sie lächelte. »Richard ist hier.«

»Das habe ich mitbekommen.« Er hatte versucht, den Kuss zu vergessen, und hoffte, dass sie es auch getan hatte. Es war ein Fehler gewesen. Seine Schwäche für sie machte alles noch komplizierter. Auf keinen Fall wollte er ihr falsche Hoffnungen machen. Das Stück Land in Oklahoma und sein Pferd waren alles, was er besaß – fast nichts im Vergleich zu dem Besitz der Westons. Und zudem befand es sich viele Meilen entfernt von Savannahs Heimat. Ihrer Familie und ihren Freunden. Daher wäre es unfair, so zu tun, als gäbe es eine gemeinsame Zukunft für sie.

»Er hat seit zwei Tagen nichts gegessen«, erklärte sie. »Deswegen habe ich ihm sein Lieblingsessen gekocht.«

»Was sagt Grady zu alldem?«

Plötzlich wirkte sie traurig. »Er will, dass Richard nur eine Nacht bleibt und in der Blockhütte übernachtet. Richard ist bereit, für die Unterkunft und die Verpflegung zu arbeiten, daher habe ich die Hoffnung, dass ich Grady überreden kann und er ihn hier wohnen lässt, bis er den Scheck mit seiner Abfindung erhalten hat.«

»Savannah!« Auf der Treppe waren Schritte zu hören, und im nächsten Moment betrat Richard Weston die Küche. »Ich habe meine alte Gitarre gefunden.« Er hängte sich das Instrument um und schlug lachend einen Akkord an.

»Ich habe es nicht übers Herz gebracht, deine Sachen wegzuwerfen«, gestand seine Schwester.

Richard ging in der Küche umher und spielte dabei einen Countryhit.

Er hat wirklich viel Ähnlichkeit mit seinen Geschwistern, bemerkte Laredo. Richard war eine jüngere, schlankere und blondere Ausgabe von Grady, gutaussehend und weltmännisch. Offenbar besaß er auch eine Menge Charme. Er sang seine Schwester an, die verlegen errötete. Als er den Song beendet hatte, legte er die Gitarre weg und sah Laredo fragend an.

Savannah folgte seinem Blick. »Das ist Laredo Smith.« Sie nahm Laredos Hand und umschloss sie mit beiden Händen. »Er arbeitet für mich.«

»Also wirklich, Savannah«, witzelte Richard. »Ich hätte nie gedacht, dass meine große Schwester mal einen Toy Boy haben würde.« Dann lachte er.

Savannah errötete noch tiefer, und Laredo musste sich beherrschen, um nichts zu entgegnen.

»Es … es ist nicht so, wie du denkst«, sagte sie stockend.

»Wie du meinst, große Schwester. He, wann gibt's was zu essen?« Richard umfasste ihre Schultern und schenkte ihr einen schmatzenden Kuss auf die Wange. »Ich kann dir gar nicht sagen, wie schön es ist, wieder zu Hause zu sein. Ich habe dich fast genauso vermisst wie deine köstlichen Buttermilchkekse.«

»Ich muss los«, erklärte Laredo, da er nach Roanie sehen wollte. »Ich wollte nur Bescheid sagen, dass ich heute nicht mitesse.«

»Nein?«

Als sie ihm einen flehenden Blick zuwarf, wurde ihm klar, dass sie mit seiner Unterstützung gerechnet hatte. Er wünschte, er hätte ihr helfen können.

»Wiley hat mich heute Abend zum Pokern mit seinen Freunden eingeladen«, erwiderte er. »Das Spiel findet in der Hütte der Rancharbeiter der Double Z statt.«

Savannah lächelte tapfer. »Viel Spaß.«

»Kommst du allein klar?« Er beobachtete, wie Richard an Rocket vorbeiging und dem Hund einen Stoß versetzte. Wut kochte in ihm hoch, doch er sagte nichts.

»Keine Sorge, es kommt alles in Ordnung«, antwortete Richard an Savannahs Stelle. »Grady ist manchmal ganz schön stur, aber er wird sich schon wieder beruhigen. Keine Angst, ich sorge dafür, dass unser großer Bruder sie nicht ärgert.« Er legte ihr den Arm um die Schultern und drückte sie so fest, dass sie zusammenzuckte und Laredo versucht war, ihn wegzustoßen.

Den ganzen Abend musste Laredo an Savannah denken. Da war es kein Wunder, dass er beim Pokern zwanzig Dollar verlor und sich ärgerte, Wileys Einladung überhaupt angenommen zu haben.

Als Wiley und er in die Blockhütte zurückkehrten, saß Richard auf seinem Bett, spielte Gitarre und sang lauthals dazu. Es war nicht zu übersehen, dass er betrunken war. Wiley schnaufte verächtlich und zog sich in sein Zimmer zurück.

Ab und zu unterbrach Richard seinen Gesang, um einen Schluck aus der Whiskeyflasche zu nehmen. Als er Laredo bemerkte, hielt er ihm die Flasche hin.

»Wollen Sie auch? Ich habe Gradys Privatvorrat geplündert. Wenn er den Whiskey vermisst, sind wir beide längst weg.« Er lachte triumphierend.

»Nein, danke«, erwiderte Laredo verächtlich.

»Ich hätte Countrysänger werden sollen«, verkündete Richard, nachdem er mit schwerer Zunge einen Song von Garth Brooks zum Besten gegeben hatte. Dann trank er einen weiteren Schluck und warf den Kopf in den Nacken. »Ah.« Er schauderte übertrieben. »Ein starkes Zeug.« Schließlich stellte er die Gitarre auf den Boden, hielt sie aber weiter mit unachtsamem Griff am Hals fest.

Laredo war müde – er hatte einen anstrengenden Tag hinter sich, und außerdem machte er sich Sorgen um Savannah, die nun offenbar zwischen ihren beiden Brüdern stand.

Zweimal musste er Richard bitten, das Licht auszumachen. »Noch fünf Minuten«, lautete die Antwort beide Male. Er drehte sich um und machte die Augen zu, doch der Kerl sang und spielte nun unbeirrt weiter. Diesen Krach konnte er unmöglich ignorieren.

Um Mitternacht hatte er genug. Er stand auf und knipste das Licht aus.

»Meinetwegen«, kam es darauf patzig von Richard und etwas krachte zu Boden, aber es kümmerte Laredo nicht.

Im Morgengrauen wachte er auf, duschte und rasierte sich. Gerade als er hinüber in den Stall gehen wollte, fiel sein Blick auf den schlafenden Richard. Er blieb stehen, um ihn sich genauer anzusehen.

Der jüngste Weston-Bruder lag ausgestreckt auf dem schmalen Bett, und seine Arme und Beine baumelten von der Matratze herunter. Er trug einen Seidenpyjama und eine schwarze Augenmaske aus Satin. In der spärlich und rustikal eingerichteten Blockhütte wirkte er lächerlich deplatziert.

Kopfschüttelnd verließ Laredo die Hütte und ging in den Stall, um nach Roanie zu sehen. Vorsichtig tastete er die Fessel des Pferdes ab. Die Schwellung war zurückgegangen, und der Schmerz hatte offenbar nachgelassen.

Nachdem er allein gefrühstückt hatte, arbeitete er im Rosengarten, wo er die Spaliere aufstellte und Savannahs Wunsch gemäß einige Sträucher umpflanzte. Da sie draußen nirgends zu sehen war, vermutete er, dass sie noch im Haus zu tun hatte. Er hoffte, dass sie an diesem Morgen ausschlafen würde, denn das Kochen und Backen für ihren undankbaren Bruder war sicher anstrengend gewesen. Er wurde wütend, wenn er nur an Richard dachte.

Um kurz nach zwölf kam der aus der Blockhütte getrottet. Offenbar war er gerade erst aufgestanden, denn sein Haar war zerzaust, und sein Hemd stand offen.

Laredo beschloss, vor dem Mittagessen wieder nach Roanie zu sehen und den Verband zu erneuern. Er war noch damit beschäftigt, als er plötzlich merkte, dass er nicht allein war. Überrascht drehte er sich um und sah Grady vor der Box stehen.

»Ich stehe wohl in Ihrer Schuld«, erklärte Grady. Er wirkte müde und erschöpft, als hätte er kaum geschlafen. Zum ersten Mal empfand Laredo Mitleid mit ihm.

»Keine Ursache.« Er stand auf und strich dem Wallach beruhigend über den Rücken.

Grady musterte ihn. »Savannah hat Ihnen von der Geisterstadt erzählt, stimmt's?«

»Sie hat sie erwähnt«, erwiderte Laredo steif.

»Das dachte ich mir.« Grady lehnte sich an die Boxentür. »Hören Sie, ich habe keinen Hehl aus meinen Gefühlen gemacht. Ich mag Sie nicht, Smith. Und ich traue Ihnen nicht. Ich kann Diebe nicht ausstehen.«

»Ich habe es nicht getan«, sagte Laredo, obwohl er bezweifelte, dass Grady ihm glauben würde.

»Und Lügner noch weniger.«

Laredo biss sich auf den Kiefer und kontrollierte nur mit Mühe die Wut, die in ihm hochkochte. Aber er tat es für Savannah.

»Ich habe Sheriff Hennessey gebeten, Sie zu überprüfen, obwohl ich vermute, dass ›Smith‹ nicht Ihr richtiger Name ist.«

Laredo atmete scharf aus. »Gut. Wenn Savannah meine Schwester wäre, hätte ich das auch getan. Sie wollen sie beschützen. Das kann ich Ihnen nicht verübeln.«

Falls Grady überrascht war, so ließ er es sich nicht anmerken.

»Es freut mich, dass Sie das sagen. Sie haben ganz recht, sie muss beschützt werden.«

»Was soll das heißen?«

»Leider hat sie Richard erzählt, dass sie Bitter End gefunden hat, und dieser Mistkerl ist sofort hellhörig geworden und hat angedeutet, dass sie ihn mitnehmen soll.« Nach einer Pause fuhr Grady fort: »Das werde ich verhindern.«

»Sie hat mir versprochen, nicht mehr allein hinzufahren. Ich hoffe, sie fährt auch nicht mit Richard.«

»Sie wollte also wieder hinfahren. Warum?« Fragend sah Grady ihn an.

Es überraschte Laredo, dass er es sich nicht denken konnte. »Wegen der Rosen.«

»Sie hat doch schon mehr als genug Rosen. Warum will sie ihren verdammten Hals wegen ein paar Pflanzen riskieren?« Einen Moment lang wirkte Grady geistesabwesend. Schließlich blickte er ihn wieder an. »Sie soll weder mit Richard noch mit irgendjemand anderem dorthin fahren. Es ist gefährlich. Meine Schwester ist mir sehr wichtig, und ich wäre Ihnen dankbar, wenn Sie mir helfen könnten.«

»Es fällt Ihnen vielleicht schwer, es zu glauben, Grady, aber Savannahs Wohlergehen liegt mir auch am Herzen.«

»Dann halten Sie sie von Bitter End fern.«

Laredo wusste nicht, ob er das schaffen würde. »Ich werde tun, was ich kann.«

Grady nickte resigniert. Dann blickte er zu Roanie und wieder zu ihm. »Zu dieser Jahreszeit könnten wir einen Cowboy gebrauchen. Sind Sie an dem Job interessiert?«

»Ich müsste es erst mit Savannah besprechen.«

»Das habe ich nicht gefragt«, erklärte Grady scharf.

»Ich bin interessiert.«

»Gut. Sie können gleich nach dem Essen anfangen.«

***

Es war Nachmittag, als Richard langsam in Gradys verbeultem Pick-up die Hauptstraße von Promise entlangfuhr. Obwohl sich vieles verändert hatte, kam es ihm beinahe vor, als wäre er nie weg gewesen.

Das Glück war auf seiner Seite. Langsam, aber sicher würde es ihm zumindest gelingen, Grady so weit umzustimmen, dass dieser ihn eine Weile bleiben ließ, das spürte er. Savannahs Vertrauen würde er bald zurückgewinnen – sie hatte schon immer ein weiches Herz gehabt. Bei Grady hingegen war es nicht annähernd so einfach. Doch bisher stand es zwei zu null für ihn – er war nicht nur auf der Ranch, sondern hatte auch Gradys Pick-up. Savannah hatte ihm zwar die Schlüssel gegeben, aber was Grady nicht wusste, machte ihn auch nicht heiß.

Sein Bruder war ein Narr. Er hätte die Ranch verkaufen und jahrelang von den Einnahmen leben können. Stattdessen hatte er sich halb zu Tode geschuftet, um die achttausend Hektar Land behalten zu können. Richard hatte sich Gradys Gerede über ihre Vorfahren und all den Unsinn angehört. Na und? Er hatte Besseres zu tun, als einem Haufen Vieh hinterherzureiten.

Richard fuhr in die erste freie Parklücke und sprang aus dem Wagen. Nach sechs Jahren kannte er diese Stadt immer noch wie seine Westentasche. Andererseits würde niemand ihn erkennen, so wie er angezogen war. Also beschloss er, sich neue Sachen zu kaufen.

Zuerst ging er zu Jordan's Town and Country, einem Geschäft, das Westernbekleidung führte. Max Jordan, der Inhaber, musste mittlerweile im Rentenalter sein.

»Max«, sagte er, als er den Laden betrat, und klopfte Max schwungvoll auf den Rücken, als wäre er ein guter Freund. »Kennst du mich nicht mehr? Ich bin Richard. Richard Weston.«

»Richard.« Max' Augen leuchteten auf. »Wann bist du zurückgekommen?«

»Gestern. Hör mal, hat Grady immer noch ein Kundenkonto bei dir?« Richard warf einen Blick auf das Preisschild eines glänzenden Baumwollhemds und zog die Augenbrauen hoch.

»Das ist eins unserer Designerhemden.« Max führte ihn zu einem Ständer mit preisgünstigeren Sachen, doch Richard kehrte zu dem anderen Hemd zurück.

»Hast du das auch in L?«

»Kann sein«, meinte Max überrascht und ging die anderen Hemden durch. »Ja, hier ist eins.«

»Toll. Grady meinte, ich soll kaufen, was ich brauche.«

»Kein Problem.« Max grinste. »Was macht er denn so? In letzter Zeit sehe ich ihn kaum.«

»Er arbeitet zu hart.«

Max nickte. »Es ist schön, dich zu sehen, mein Junge.« Er beobachtete, wie Richard ein Paar Schlangenlederstiefel für dreihundert Dollar anprobierte.

»Die nehme ich auch«, verkündete Richard.

»Ich vermisse deine Eltern«, gestand Max. »Mann, deine Mutter konnte kochen, und dein Vater brachte Leben in jede Party.«

Das brachte Richard auf eine Idee. »Apropos Party«, meinte er, als Max die Rechnung ausstellte. »Grady gibt am Sonntag eine Willkommensparty für mich. Du bist natürlich eingeladen. Und bring deine bessere Hälfte mit.«

»Wer kommt denn noch?«

»Die ganze Stadt ist eingeladen. Sag allen Bescheid, ja?«

Kurz nachdem er den Beleg gegengezeichnet hatte, verließ Richard das Geschäft. Draußen traf er Elaine Frasier. »Elaine.« Er musste zweimal hinsehen. »Kleine Elaine?« Allerdings war sie nicht mehr klein.

Verblüfft blickte sie ihn an.

»Richard!«, rief er und breitete die Arme aus. Es überraschte ihn, dass sie ihn in seinem neuen Hemd, den neuen Stiefeln und dem neuen Hut nicht erkannte. Er ließ den Blick zu ihren vollen Brüsten schweifen. Für vollbusige Frauen hatte er schon immer eine Schwäche gehabt. Offenbar war er genau zum richtigen Zeitpunkt nach Hause gekommen. Einen Ring trug sie auch nicht. Allerdings hätte das sowieso keine Rolle gespielt. Meist waren die verbotenen Früchte die süßesten.

»Richard Weston?«

»Der unvergleichliche.«

Sie stellte ihm dieselben Fragen, wie Max es getan hatte – wann er zurückgekommen sei, was er gemacht habe, wie lange er bleiben wolle und so weiter. Er antwortete ausweichend und lud sie schließlich zu der Party ein.

»Bring mit, wen du willst, aber reservier mir einen Tanz, ja?« Er zwinkerte ihr zu.

»Ich weiß nicht. Mein Dad ist krank, und …«

»Komm trotzdem. Die Ablenkung wird dir guttun.«

Sie würden eine Band brauchen. Es würde einiges kosten, aber das war kein Problem. Bestimmt hatte Grady viel Geld auf die hohe Kante gelegt.

»Wer spielt gerade im Chili Pepper?«, fragte er. Das Chili Pepper war das beste Grillrestaurant in der Stadt.

Elaine nannte den Namen einer Band, die er nicht kannte. Er nickte, verabschiedete sich knapp und ging auf das Restaurant zu. Bei der Gelegenheit konnte er Adam Braunfels gleich beauftragen, ein Barbecue auszurichten. Sie würden viel Essen brauchen. Genau wie damals seine Mutter immer würde Savannah darauf bestehen, das meiste selbst zuzubereiten.

Er dachte voller Zuneigung und Liebe an seine Eltern zurück. Ihr Tod hatte ihn mitgenommen, aber er war ein Überlebenskünstler. Das hatten die Jahre gezeigt.

Als Richard zur Ranch zurückfuhr, hatte er bereits diverse Vorbereitungen für die Party getroffen. Er hatte ein Dutzend Kästen Bier und für die Kinder Limonade organisiert. Millie aus dem Blumenladen hatte angeboten, am Nachmittag zu kommen und Lampions aufzuhängen, und ihm einen vernünftigen Preis gemacht.

Er fuhr auf den Hof der Ranch und sah, dass Savannah im Garten arbeitete. Wie immer trug sie ein langes Kleid, dazu einen riesigen Strohhut, und sah mehr denn je wie ein frommes Mädchen vom Lande aus. Flüchtig fragte er sich, was zwischen ihr und diesem bissigen Cowboy lief.

»Mann, bist du heute Nachmittag schön«, sagte er beim Betreten des Gartens. »So hübsch wie eine deiner Rosen.«

Savannah errötete, und er stellte überrascht fest, dass sie von Nahem tatsächlich sehr hübsch war.

»Ich habe einige Freunde in der Stadt getroffen.«

Sie richtete sich auf und tupfte sich die Schweißperlen von der Stirn. »Bestimmt haben sie sich gefreut, dich zu sehen.«

»Stimmt. Ich hoffe, es ist ok, dass ich ein paar Leute für Sonntag zum Abendessen eingeladen habe. Es macht dir doch nichts aus, deinen preisgekrönten Kartoffelsalat zu machen, oder?«

»Für wie viele Personen?«

Lachend nahm er sie in den Arm. »Ungefähr hundertfünfzig.«

6. Kapitel

Grady hätte schwören können, dass Richard ganz Promise zu dieser sogenannten Party eingeladen hatte. Nachbarn und Freunde wirbelten über die improvisierte Tanzfläche, während andere Gäste in der Sonne an den Tischen saßen und sich unterhielten. Er wollte damit nichts zu tun haben.

Er hatte erst am Morgen davon erfahren, als er Savannah beim Zubereiten des Essens in der Küche angetroffen hatte. Kurz darauf hatte Millie Greenville vom Blumengeschäft Lampions hinter dem Haus aufgehängt und ihn gefragt, wann er die Tische aufstellen wolle. Ehe er gewusst hatte, wie ihm geschah, waren bereits die ersten Gäste eingetroffen, und die Hoss Cartwrights hatten eine Bühne errichtet, ihr Equipment aufgebaut und Stroh auf dem Rasen verteilt, um eine Tanzfläche zu schaffen.

Richard, der seine schicken neuen Klamotten trug, war ganz in seinem Element, und Grady fragte sich, woher sein nichtsnutziger Bruder das Geld dafür genommen hatte, ganz zu schweigen von der Party. Angeblich war er doch pleite. Er ärgerte sich, dass er auf Savannahs Bitte hin nachgegeben und eingewilligt hatte, Richard bleiben zu lassen, bis er den Scheck erhalten hatte. Wenn man bedachte, wie sein Bruder sich auf der Tanzfläche bewegte, hatte er sich erstaunlich schnell von den vermeintlichen Strapazen der vergangenen Jahre erholt.

Das Bier floss in Strömen, und es duftete nach Barbecuesauce. Eigentlich hatte Grady nicht an der Party teilnehmen wollen, aber als Cal und Glen Patterson eintrafen, setzte er sich mit ihnen auf die Veranda. Er konnte sich nicht erinnern, wann er das letzte Mal mit den beiden Brüdern geplaudert hatte. Sie drei waren zusammen aufgewachsen und immer noch eng befreundet.

»Ich hätte nie gedacht, dass du Richard wieder mit offenen Armen aufnehmen würdest«, meinte Cal und lehnte sich zurück, eine Bierflasche in der Hand. Er und der Sheriff waren die Einzigen, die von Richards Diebstahl wussten.

»Das habe ich auch nicht getan«, stellte Grady richtig.

Er beobachtete, wie Sheriff Hennessey mit Lydia Boyd über die Tanzfläche wirbelte. Frank hatte ihn ziemlich enttäuscht – er hatte nichts über Smith herausfinden können.

»Wessen Idee war das dann mit der Party?«, erkundigte sich Cal. »Savannahs?«

»Nein. Richard hat sie selbst organisiert.« Grady trank einen Schluck Bier aus seiner Flasche, um seinen zunehmenden Frust zu betäuben. Sein kleiner Bruder erwartete doch hoffentlich nicht, dass er für die Kosten aufkam. Je eher Richard wieder verschwand, desto besser.

Savannah hatte seit den frühen Morgenstunden in der Küche geschuftet, und Nachbarn, die Grady seit Monaten nicht mehr gesehen hatte, hatten ebenfalls etwas zum Büfett beigesteuert und Gartenmöbel mitgebracht. Nun stand er in ihrer Schuld, und es würde nicht lange dauern, bis man ihn auch einlud. Verdammt! Er war noch nie ein Partygänger gewesen.

»Ich möchte gern wissen, wovon er all das bezahlen will«, meinte Grady leise.

»Hast du ihn mal gefragt?«, erkundigte sich Glen, der jüngere der beiden Brüder.

»Dazu bin ich noch gar nicht gekommen.« Wenn Grady gewusst hätte, was sein Bruder plante, hätte er dem Ganzen einen Riegel vorgeschoben. Das letzte Mal, dass er so viele Menschen auf einem Haufen gesehen hatte, war am Tag der Beerdigung seiner Eltern gewesen. Aber was hätte er anderes von Richard erwarten sollen, als dass er die schmerzlichsten Erinnerungen seines Lebens wachrief?

»Wer ist das?« Glen lenkte ihre Aufmerksamkeit auf eine Blondine, die die Auffahrt entlangkam. Die dort geparkten Wagen, mindestens fünfzig an der Zahl, standen bis zur Straße.

Grady hatte die Frau noch nie gesehen. Sie war jung und hübsch und schien kaum jemanden zu kennen, denn sie stellte sich etwas abseits hin und wirkte befangen. Ihr Nadelstreifenkostüm war viel zu schick für diesen Anlass.

Cal richtete sich auf und betrachtete sie ausgiebig. »Ist das nicht die neue Ärztin? Jane Sowieso?«

»Sie ist Ärztin?«, meinte Glen ungläubig. »Promise hat eine Ärztin? Seit wann?«

»Seit letzter Woche.« Cal knuffte ihn mit dem Ellbogen. »Lest ihr beide keine Zeitung?«

»Wer hat dafür schon Zeit?«, fragte Grady.

»Ihr Foto war auf der Titelseite«, erklärte Cal. »Sie ist wegen dieses Regierungsprogramms hier.«

»Was für ein Regierungsprogramm?«

»Ich weiß nicht, wie es heißt, aber in der Zeitung stand, dass sie ihren Studienkredit durch freiwillige Tätigkeit in einer strukturschwachen Gegend abarbeitet.«

»Promise ist eine strukturschwache Gegend?«, meinte Grady überrascht.

»Vermutlich«, bestätigte Cal.

»He, wir haben einen Arzt, der nicht in der Schlacht von Alamo gekämpft hat?«

Doc Cummings war am ersten Januar in den Ruhestand gegangen – offiziell mit siebzig, doch Grady vermutete, dass er einige Jahre älter war. Er hatte ihn und fast alle anderen Einwohner von Promise, die jünger als vierzig waren, zur Welt gebracht. Den Gerüchten zufolge genoss er seinen Ruhestand nun am Golf von Mexiko.

Caroline schlenderte vorbei, eine Schüssel mit Kartoffelsalat in den Händen. Kurz darauf kam sie mit einer leeren Schüssel zurück. Grady reckte den Hals und warf einen Blick in die Küche, wo Savannah gerade fieberhaft eine neue Portion zubereitete. Smith saß am Küchentisch und pellte Kartoffeln. Seine Unterhaltung mit ihm hatte nichts gebracht. Vermutlich hatte Savannah immer noch vor, wieder nach Bitter End zu fahren. Es war ihm nicht leichtgefallen, den Cowboy um Hilfe zu bitten. Und der schien ihn ganz offensichtlich falsch verstanden zu haben, da er jetzt jede freie Minute mit seiner Schwester verbrachte – so als hätte Grady ihnen seinen Segen gegeben. Aber das hatte er nicht. Obwohl Grady ihm den Job angeboten hatte, wollte er, dass Smith die Ranch so schnell wie möglich wieder verließ.

»Willst du mit mir tanzen oder nicht?« Ganz außer Atem sank Elaine Frasier neben Glen auf die Veranda. Die beiden waren schon seit Jahren gute Freunde. Cal zufolge brauchte Elaine in letzter Zeit jemanden, dem sie sich anvertrauen konnte, denn ihr Vater war unheilbar krank und lag jetzt in San Antonio im Krankenhaus. Ihre Mutter war die ganze Zeit bei ihm, während Elaine das familieneigene Geschäft leitete. Da sie so oft wie möglich nach San Antonio fuhr, um ihren Vater zu besuchen, war sie mittlerweile völlig erschöpft. Vermutlich hatte Glen sie überredet, zur Party zu kommen, damit sie sich etwas ablenkte.

»Also, was ist nun mit dem Tanz, Patterson?«

»Sieht so aus, als hättest du bereits einen Tanzpartner.« Glen blickte demonstrativ in Richards Richtung. Der ließ seinen ganzen Charme spielen, flirtete mit den Frauen und riss Witze mit den Männern.

»Dein Bruder ist ein ziemlich guter Tänzer«, sagte Elaine zu Grady.

Er runzelte die Stirn. Richard war schon seit Stunden auf der Tanzfläche, ohne irgendwelche Ermüdungserscheinungen zu zeigen. Vermutlich hatte er mit jeder Frau mindestens einmal getanzt und mit den hübscheren zweimal. Elaine hatte er mindestens dreimal aufgefordert. Obwohl Grady sie am liebsten vor Richard gewarnt hätte, sagte er nichts. Sie würde Richard früh genug durchschauen.

»Ich hatte ganz vergessen, wie viel Spaß man mit ihm haben kann«, fügte sie hinzu.

»Er ist ein echter Spaßvogel«, bestätigte Grady sarkastisch, woraufhin sie ihn einen Moment betrachtete. Er hoffte, sie hatte es begriffen.

Glen legte ihr den Arm um die Schultern. »Grady ist bloß sauer, weil niemand mit ihm tanzt.«

Gradys Miene verfinsterte sich noch mehr. Er würde sich nicht zum Gespött der Leute machen, denn er hatte zwei linke Füße. Es war ewig her, dass er zuletzt getanzt hatte. Genau gesagt, war er damals noch ein Teenager gewesen.

»Seit dem Willie-Nelson-Picknick am Nationalfeiertag habe ich nicht mehr so viele Leute auf einem Haufen gesehen«, meinte Cal, der fast genauso zurückgezogen lebte wie er. Glen war mit Abstand der Kontaktfreudigste von ihnen dreien. In den letzten sechs Jahren hatte er immer wieder versucht, Grady zu der größten Feier in Promise – nach dem Tanz der Rinderzüchter und dem Rodeo – mitzuschleppen. Jedes Jahr am 4. Juli veranstaltete man in Promise das Willie-Nelson-Picknick, in der Hoffnung, dass der bekannte Country-Sänger eines Tages in die Stadt kommen würde. Bisher hatte er die Einladung jedes Mal höflich ausgeschlagen.

»Komm, ich möchte tanzen.« Elaine zog Glen mit sich, und dieser stand betont widerstrebend auf.

»Heute Abend werden wir ihn nicht mehr sehen«, sagte Cal, sobald die beiden außer Hörweite waren.

»Von mir aus kannst du auch gern tanzen«, erwiderte Grady.

»Nein, danke. Ich bleibe lieber hier.«

Cal leistete ihm noch etwa eine Stunde Gesellschaft, und sie schwiegen die meiste Zeit. Doch dass es nicht vieler Worte zwischen ihnen bedurfte, schätzte Grady am meisten an ihm. Schließlich stand Cal auf, um sich ein Steak zu holen.

Es herrschte eine ausgelassene Stimmung. Verächtlich beobachtete Grady seinen Bruder, der nach wie vor im Mittelpunkt stand. Er hatte nicht lange gebraucht, um die Einwohner von Promise in seinen Bann zu ziehen.

Die Küchentür schwang auf, und Caroline kam heraus. Sie winkte ihm zu und ging zu Adam Braunfels, der das Bier ausgab. Er reichte ihr zwei Flaschen.

Grady war überrascht, als sie ihm eine Flasche brachte. »Du siehst aus, als könntest du es brauchen«, erklärte sie und setzte sich neben ihm auf die Stufe. Das Kinn aufs Knie gestützt, wippte sie mit dem Fuß im Takt der Musik.

Nachdem er ihr zugeprostet hatte, trank er einen großen Schluck. Minutenlang schwiegen sie beide, den Blick auf die Tanzfläche gerichtet. »Er ist wirklich klasse, stimmt's?«, meinte Caroline schließlich.

»Falls du hergekommen bist, um ein Loblied auf Richard zu singen, erspar mir das bitte.«

»Es überrascht dich vielleicht, Grady, aber ich bin kein Fan von ihm.«

»Ich habe den Eindruck, dass du für mich auch nicht besonders viel übrig hast«, erwiderte Grady trocken.

Sie lächelte. »Ich habe nichts gegen dich. Ich bin zwar nicht immer deiner Meinung, aber du bist gar nicht so schlecht.«

»He, vorsichtig, sonst verdrehst du mir noch den Kopf.«

Als sie lachte, lächelte er wohl zum ersten Mal an diesem Tag. »Du zählst also nicht zu Richards Bewunderern.« Komisch, dass dieses Eingeständnis ihn derart beflügelte!

»Am liebsten würde ich Richard den Hals umdrehen. Savannah kommt seit Stunden nicht mehr aus der Küche raus.«

In diesem Moment beschloss er, seinen kleinen Bruder gleich am nächsten Morgen hinauszuwerfen, egal, was Savannah alles zu seiner Verteidigung vorbringen mochte. Sie hätten ihn gleich fortjagen sollen, als er ihr Land betreten hatte. Sicher war Savannah mittlerweile auch der Meinung.

»Maggie scheint jedenfalls von ihm angetan zu sein.« Stirnrunzelnd trank Grady noch einen Schluck. Richard tanzte gerade mit der Kleinen, die vor Vergnügen kreischte. Dass er im Gegensatz zu ihm so viel Erfolg bei ihr hatte, machte Grady zu schaffen.

Caroline betrachtete ihre Tochter. »Offenbar wirkt sein Charme bei ihr.«

»Da ist sie nicht die Einzige.«

»Bist du etwa eifersüchtig, Grady?«

»Nein, verdammt!«, protestierte er. Dann musste er sich allerdings eingestehen, dass sie womöglich gar nicht so falschlag.

Es war schlimm genug, dass Richard behauptet hatte, seine Geschwister würden diese Party für ihn geben. Dass fast alle Frauen um ihn herumscharwenzelten und fast alle Männer sich um seine Gesellschaft rissen, machte alles noch schlimmer.

»Ich könnte dich wohl nicht dazu überreden, ein paar Runden zu wagen, oder?« Caroline deutete mit einem Nicken zur Tanzfläche.

»Ich bin doch nicht verrückt.«

Sie seufzte. »Das habe ich erwartet.«

»He, die würden bestimmt gern mit dir tanzen.« Er deutete auf eine Gruppe Männer.

»Vermutlich.«

Zu seiner Erleichterung blieb sie aber sitzen. Er spielte mit dem Gedanken, sie zum Bowling einzuladen, zögerte allerdings. Seit Ewigkeiten hatte er keine Frau mehr nach einem Date gefragt. Er wusste nicht, wie er das überhaupt anstellen sollte.

Aber dass sie noch immer hier bei ihm saß, bedeutete womöglich, dass sie tatsächlich an ihm interessiert war. »Heißt das, du willst mit mir tanzen?« Unter anderen Umständen hätte er die Frage niemals über die Lippen gebracht, doch die drei Bier auf leeren Magen zeigten ihre Wirkung.

»Vielleicht«, erwiderte sie.

Grady dachte darüber nach. Er mochte Caroline, aber obwohl er sie attraktiv fand, war ihm nie in den Sinn gekommen, etwas mit ihr anzufangen.

»Du solltest heiraten«, rutschte es ihm heraus. Entsetzt blickte er auf seine leere Bierflasche – wie hatte er so etwas Dummes nur sagen können?

»Hast du da jemand Bestimmten im Sinn?«, erkundigte sie sich und grinste.

»Jedenfalls nicht mich.«

»Keine Angst, Grady, du bist nicht im Rennen.«

Er hatte diese Antwort provoziert. Trotzdem gefiel sie ihm nicht. »Maggie braucht einen Vater«, fügte er hinzu.

Unvermittelt sprang sie auf. »Erzähl du mir nicht, was meine Tochter braucht und was nicht, Grady.« Dann stürmte sie wütend davon.

Ihm war klar, dass es seine Schuld war. Er hatte kein Recht, so etwas zu sagen. Es hatte sich so angehört, als würde er Caroline verurteilen. Dabei respektierte er sie. Er fand nur, dass sie als alleinerziehende, berufstätige Mutter ein schweres Leben hatte. Und er war wütend, weil Maggie anscheinend so empfänglich für den Charme von Hochstaplern war. Allerdings konnte er daran nichts ändern.

Die Sonne ging unter, und kurz darauf zündete jemand die Lampions an, die sich in der sanften Brise hin und her bewegten und tanzende Schatten auf den Hof warfen. Die Band stimmte nun langsamere Songs an, und die Paare wiegten sich eng aneinandergeschmiegt auf der Tanzfläche.

Die Familien mit kleinen Kindern brachen auf, und Richard, ganz der liebenswürdige Gastgeber, brachte sie zu ihren Wagen und winkte ihnen nach.

»Nette Party«, bemerkte Adam Braunfels, als Grady gegen neun zum Haus ging.

»Na ja, es ist nicht meine Party«, erwiderte er.

»Ich hoffe, alle waren zufrieden.«

Grady schob die Hände in die Hosentaschen. »Ja. Ich habe keine Klagen gehört.«

»Gut. Ich habe euch nämlich einen fairen Preis gemacht.«

Obwohl Grady keine Ahnung hatte, worauf Adam hinauswollte, nickte er. Mittlerweile hatte er Kopfschmerzen, denn er hatte seit dem Frühstück nichts mehr gegessen und machte sich immer noch Gedanken über seine Unterhaltung mit Caroline.

Adam nahm einen Zettel aus der Hosentasche und reichte ihn ihm. »Es wäre nett, wenn du mir einen Scheck ausstellen könntest, bevor ich zurückfahre.«

»Was?«

»Für das Barbecue«, erklärte Adam ungeduldig.

»Ich sagte doch bereits, dass es nicht meine Party ist.«

Adam presste die Lippen zusammen. »Es ist mir egal, wessen Party es ist. Ich will mein Geld.«

»Und ich soll bezahlen? Das ist Richards Sache.« Grady wollte gerade weggehen, als Richard sich zu ihnen gesellte.

»Ich will mein Geld.« Adam blickte von einem Bruder zum anderen.

»Würde es dir etwas ausmachen, ihn zu bezahlen, Grady?«, fragte Richard. »Ich dachte, mein Scheck würde vorher eintreffen.« Er senkte den Blick. »Es ... es ist mir sehr unangenehm.«

Mit verschränkten Armen sah Adam nun Grady an.

Er hatte das Gefühl, als würde ihm gleich der Schädel platzen. Ihm blieb keine Wahl. Entweder stellte er Adam jetzt einen Scheck aus, oder er würde als der Böse dastehen.

***

Laredo spülte gerade das Geschirr, als Frank Hennessey die Küche betrat. Der Sheriff nickte Savannah höflich zu, die auf einem Stuhl saß und die Füße hochgelegt hatte. Zum ersten Mal an diesem Tag hatte Laredo sie dazu überreden können, sich einen Moment auszuruhen.

Mittlerweile empfand er Richard gegenüber eine unüberwindliche Abneigung. Der Kerl wusste genau, wie er seine Schwester manipulieren konnte. Er brauchte nur ihre Mutter zu erwähnen, und Savannah wurde schwach. Selbst wenn sie ihn irgendwann einmal durchschauen sollte, würde sie vermutlich geflissentlich darüber hinwegsehen, und das bereitete Laredo Sorgen.

»Wenn es Ihnen nichts ausmacht, Mr. Smith, würde ich Ihnen gern einige Fragen stellen«, sagte der Sheriff.

Verwundert nahm Laredo die Hände aus dem Wasser und griff nach einem Geschirrtuch. Dass der Sheriff sich ihn vorknöpfte, gefiel ihm nicht, doch er wollte in Savannahs Gegenwart auch keinen Ärger machen.

Sie wirkte besorgt. »Gibt es ein Problem, Sheriff?«

»Nein, nein.« Hennessey fing Laredos Blick auf. »Vielleicht möchten Sie mit nach draußen kommen, Mr. Smith?«

»Sicher.« Er trocknete sich die Hände ab und unterdrückte dabei seinen wachsenden Unmut. Er hatte zwar nichts zu verbergen, aber wie stand er jetzt vor Savannah da?

»Ich habe mir nie was zuschulden kommen lassen«, erklärte er, sobald sie draußen waren.

»Falsch«, korrigierte ihn der Sheriff. »2015 sind Sie bei Rot über eine Kreuzung gefahren.«

Laredo schob die Hände in die Hosentaschen. »Ich nehme alles zurück.«

Hennessey ignorierte seinen sarkastischen Unterton. »Ich habe einige Fragen an Sie.«

»Schießen Sie los.«

»Wie lange wollen Sie in Promise bleiben?«

Nun verlor er endgültig die Geduld. »Solange es mir gefällt.«

»Hören Sie, Smith, wenn Sie Ärger wollen, dann bekommen Sie ihn. Also reißen Sie sich zusammen.« Hennessey wartete einen Moment, dann wiederholte er die Frage.

»Ich werde fahren, sobald ich das Geld für die Reparatur meines Wagens zusammenhabe«, erwiderte Laredo ausdruckslos.

»Savannah ist eine herzensgute Frau.« Der Tonfall des Sheriffs war nun merklich sanfter.

Laredo sah ihn an. »Glauben Sie, das wüsste ich nicht?«

»Niemand möchte, dass sie verletzt wird.«

»Ich auch nicht.« Er verstand nicht, warum alle glaubten, er könnte Savannah bewusst verletzen – und weshalb sich nun auch noch der Sheriff in die Angelegenheit einmischte.

»Aus irgendeinem unerfindlichen Grund scheint sie Sie zu mögen. Aber wenn Sie bald abreisen, werden Sie wohl keinen Schaden anrichten.«

Laredo schwieg, weil der Sheriff mit Sicherheit alles, was er gesagt hätte, gegen ihn verwendet hätte.

»Wann Sie kommen oder gehen, geht mich nichts an«, fuhr dieser fort. »Ich wollte Ihnen nur sagen, dass viele Leute hier eine hohe Meinung von Savannah haben. Niemand möchte, dass sie ausgenutzt wird, schon gar nicht von einem Herumtreiber, der sie einfach so sitzen lässt. Haben Sie das begriffen?«

Laredo presste die Lippen zusammen, um nichts zu entgegnen, was er bereuen würde.

»Gut. Wie ich bereits sagte, ist Savannah der netteste Mensch weit und breit, und wenn jemand auf die Idee kommen sollte, sie auszunutzen, bekommt er es mit mir zu tun. Haben Sie das verstanden, Junge?«

»Allerdings.«

Der Sheriff nickte und klopfte ihm freundschaftlich auf die Schulter. »Ich bin froh, dass wir das geklärt haben. Und nun machen Sie weiter, und ich tanze noch mal mit Miss Lydia.«

Er wandte sich ab und ging davon, während Laredo regungslos dastand. Schließlich gesellte Savannah sich zu ihm.

»Gibt es ein Problem?«, fragte sie leise.

Es klang so bekümmert, dass seine Wut sofort verrauchte. Hennessey hatte ihm nur seine Meinung mitgeteilt, veranlasst durch Grady, dessen war Laredo sich sicher. Savannahs großer Bruder würde ihn vermutlich nie akzeptieren, egal, was er tat. Allerdings störte es ihn nur, weil es sie so belastete.

»Alles in Ordnung«, beteuerte er.

»Bist du sicher?«

»Absolut.« Er nahm ihre Hand und führte sie zur Hollywoodschaukel, wo er sich neben sie setzte. Nach einer Weile legte er ihr den Arm um die Schultern, und sie barg den Kopf an seiner Brust. Zur Hölle mit Grady Weston! dachte er.

Dennoch nahm er die Worte des Sheriffs ernst. Hennessey konnte ihm ohne Weiteres Ärger machen. Allerdings würde er auch nicht den Schwanz einklemmen und weglaufen wie ein feiger Hund.

Savannah schwieg, und er vermutete, dass sie eingeschlafen war. Die Party war immer noch im Gange, neigte sich aber langsam dem Ende zu. Nur noch wenige Gäste waren da.

Als die Band vor den letzten Songs eine Pause einlegte, holte Richard seine Gitarre hervor und begann zu spielen. Daraufhin versammelte sich ein Dutzend Leute um ihn, und ein paar Kinder, darunter auch Maggie, hockten sich zu seinen Füßen.

Zwanzig Minuten später betrat die Band wieder die Bühne, und der Leadsänger ermunterte alle Partygäste, den nächsten Song mit ihrem oder ihrer Liebsten zu tanzen. Laredo beobachtete, wie Richard Elaine Frasier aufforderte. Er tanzte jedoch nicht lange mit ihr, sondern forderte nach einer Weile mehrere ältere Damen und schließlich einige der Mädchen auf, die begeistert kreischten.

Plötzlich hob Savannah den Kopf. »Ist das der romantische Tanz für die verliebten Paare?«

»Das hat er gesagt.«

Sie seufzte tief, und obwohl er nie ein Frauenversteher gewesen war, wusste Laredo, was dieser Seufzer bedeutete. Sie wollte mit ihm tanzen, wartete aber darauf, dass er sie aufforderte.

Verdammt, er war weder ein Romantiker noch ein guter Tänzer, doch er wollte sie nicht enttäuschen. Daher stand er auf und streckte die Hand aus. »Darf ich um diesen Tanz bitten?«

Selbst wenn er sich blamieren sollte, so entschädigte ihr Lächeln ihn mehr als genug. Ihre blauen Augen strahlten vor Glück. »Heißt das, ich bin deine Liebste, Laredo Smith?«, fragte sie leise.

Unwillkürlich musste er an Hennesseys Warnung denken. Sollte der Mann ihn doch einsperren! »Das muss es wohl.«

Savannah legte die Hand in seine und stand auf.

»Vielleicht trete ich dir auf die Füße«, raunte er, während er sie auf die Tanzfläche führte.

»Ich habe auch lange nicht mehr getanzt.«

Er hätte sich denken können, dass sie ihm die Verlegenheit nehmen würde. Wenn er mit ihr zusammen war, hatte er immer das Gefühl, etwas Besonderes zu sein. Als hätte nur er diese nette, schöne Frau verdient. In diesem Moment glaubte er es fast …

Einige Paare tanzten eng umschlungen zu dem romantischen Song, und eins küsste sich hingebungsvoll.

Laredo zog Savannah an sich und konzentrierte sich auf seine Schritte, wobei er im Geist mitzählte.

»Laredo«, flüsterte sie ihm ins Ohr und legte ihm die Arme um den Hals. »Entspann dich, ja?«

»Aber …«

»Ich wollte eigentlich nur, dass du mich in den Armen hältst.«

Das war auch alles, was er wollte. Er schloss die Augen und zog sie in eine schummrige Ecke. Dort küsste er sie aufs Ohr und lächelte, als sie wohlig erschauerte.

»Das gefällt dir, stimmt's?«

»Oh ja.«

Nun strich er ihr über den Rücken.

»Das gefällt mir auch.«

Er hatte gerade das Gefühl, dass er herausgefunden hatte, was sie genoss, als sie sein Ohrläppchen zwischen die Lippen nahm und zärtlich zubiss. Unvermittelt öffnete er die Augen und verschränkte die Hände auf ihrem Rücken. Das Blut rauschte durch seine Adern, und er schaffte es nicht mehr, die Schritte zu zählen. Schon bald darauf hörte er ganz auf zu tanzen und bewegte sich nur noch von einem Fuß auf den anderen. Genoss es, ihren zarten Körper so nah an seinem zu spüren.

»Ich bin so froh«, flüsterte Savannah, »dass Grady dich gebeten hat zu bleiben. Aus so vielen Gründen.«

»Ich auch«, erwiderte er leise. »Sehr froh …«

Wieder schloss er die Augen, um den Moment auszukosten. Er hätte es nie für möglich gehalten, aber ihm tat das Herz weh. Nicht weil er Schmerzen oder Kummer hatte, sondern aus Liebe.

Plötzlich musste er an seinen Vater denken. Es war die letzte Erinnerung an ihn.

Als sein Vater in den Auslandseinsatz musste, war Laredo noch klein gewesen. Er wusste nicht, was Krieg bedeutete, nur, dass der Mann, den er über alles liebte, fortging. Er versteckte sich in der Scheune, weil er glaubte, ihn dadurch zum Bleiben bewegen zu können, doch man fand ihn ziemlich schnell.

Daraufhin nahm sein Dad ihn auf den Schoß und hielt ihn eine ganze Weile schweigend in den Armen. Schließlich versprach er ihm, dass nichts, weder die Entfernung noch die Zeit oder der Tod, etwas an seiner Liebe zu ihm ändern würde.

Als Laredo einige Monate später an seinem Grab stand und zusah, wie sein Sarg heruntergelassen wurde, hatte er sich wieder an die Worte seines Vaters erinnert. Seine Mutter und seine Großeltern hatten geweint, er nicht.

Eine Welle von tiefen Gefühlen erfasste ihn. In diesem Moment konnte er – vielleicht zum ersten Mal überhaupt – nachvollziehen, wie stark die Liebe zwischen seinen Eltern gewesen sein musste. Gleichzeitig wurde ihm bewusst, dass er genauso für Savannah empfand. Jetzt war ihm auch klar, warum seine Mutter nie wieder geheiratet hatte.

Der schroffe Klang einer Stimme riss ihn aus seinen Gedanken, und als Laredo aufblickte, sah er Grady am Rand der Tanzfläche stehen.

»Es gefällt mir nicht, wie Sie meine Schwester halten.«

Laredo ließ Savannah langsam los, denn Grady Weston funkelte ihn wütend an.

»Grady, bitte!« Widerstrebend löste sie sich von Laredo. »Du blamierst mich vor allen Leuten.«

»Lassen Sie uns in Ruhe.« Herausfordernd erwiderte er Gradys Blick. Nach dem Gespräch mit dem Sheriff war er nicht mehr bereit, sich mit Grady auszusöhnen.

Ehe er sich's versah, standen Grady und er sich mit erhobenen Fäusten gegenüber.

»Hör auf, Grady!«, rief Savannah und wandte sich dann an Laredo. »Wenn ich dir etwas bedeute, lässt du es auch bleiben.«

Sie bedeutete ihm so viel, dass es ihm Angst machte. Aber diesem Kampf würde er sich stellen.

»Bitte.« Kurzerhand stellte sie sich zwischen Grady und ihn.

Laredo merkte, wie seine Wut verpuffte.

Im nächsten Moment gesellte sich Caroline Daniels zu ihnen und hakte Grady unter. »Ich glaube, du brauchst jetzt einen Kaffee«, verkündete sie und führte ihn zum Haus.

Laredo blickte ihnen nach, und Savannah legte ihm wieder die Arme um den Hals und schmiegte sich an ihn.

»Dieser Tanz gehört mir«, flüsterte sie.

Dir gehört nicht nur dieser Tanz, dachte er. *Sondern auch mein Herz.*

7. Kapitel

Die Morgensonne tauchte die Yellow Rose Ranch in sanftes Licht. Am Abend war Savannah viel zu müde gewesen, um noch einen Finger zu rühren, doch jetzt bot sich ihr ein katastrophaler Anblick. Zwischen den leeren Tischen und Stühlen lagen überall auf dem einst makellosen Rasen Papierteller und Servietten, und das Stroh war über die gesamte Rasenfläche verteilt.

Während der Kaffee durchlief, zog sie eine Mülltonne in den Hof und begann mit dem Aufräumen. Nach einer Viertelstunde gesellte Grady sich zu ihr, kurz darauf Wiley und Laredo, und sie drückte jedem einen Müllsack in die Hand.

»Wo ist Richard?«, fragte Grady.

»Der schläft.« Wiley lachte. »Was hast du denn erwartet?«, fragte er und machte sich daran, den Müll aufzusammeln.

»Dann soll er seinen Hintern herbewegen. Es war seine Party, also kann er wenigstens den Dreck wegmachen«, erklärte Grady unwirsch, als er sich ebenfalls an die Arbeit machte. »Ich habe wirklich Besseres zu tun.«

»Ich bin auch nicht für die Hausarbeit zuständig«, entgegnete Wiley.

Jetzt hatte Savannah genug. »Hört sofort auf!«, rief sie, und da sie nur selten laut wurde, blickten Grady und Wiley sie verblüfft an. Sogar Rocket hob den Kopf.

Laredo, der den Müll zusammenharkte, hielt inne und runzelte die Stirn.

»Ich habe euch nicht um Hilfe gebeten«, fuhr sie fort. »Und ich mache lieber allein sauber, als eure schlechte Laune zu ertragen.« Das war speziell an Grady gerichtet.

»Ich habe verdammt gute Laune.« Ihr Bruder setzte ein gekünsteltes Lächeln auf. »Ich bin so glücklich, wie man es nur sein kann.«

»Du bist glücklich?«, wiederholte Wiley sarkastisch. »Du siehst ungefähr genauso glücklich aus wie in dem Moment, als du Adam Braunfels den Scheck für das Barbecue ausgestellt hast.«

»Warum hast du Adam bezahlt?«, erkundigte Savannah sich erstaunt.

»Weil ich keine Wahl hatte«, erwiderte Grady scharf. »Er wollte sein Geld, und Dornröschen …« Er deutete auf die Blockhütte. »… hatte es nicht.«

»Das war nett von dir. Momentan ist Richard knapp bei Kasse.«

»Und ich bin jetzt erst recht knapp bei Kasse«, sagte er leise. »Hoffentlich erwartet er nicht von mir, dass ich alles bezahle. Das werde ich nämlich nicht tun.«

»Richard wird es zurückzahlen«, fühlte sie sich verpflichtet zu sagen. Ihr Bruder hatte viele Fehler gemacht, doch er hatte seine Lektion gelernt. Zumindest behauptete er es – und sie wollte es ihm glauben.

Obwohl die Party für sie sehr anstrengend gewesen war, hatte Savannah es genossen, Richard zu beobachten. Er war ein sehr guter Gastgeber gewesen, und das machte sie stolz. In der Hinsicht war er wie ihr Vater.

Mel Weston hatte Schwung in jede Party gebracht, denn er war freundlich, charmant und bei allen beliebt gewesen. Ohne ihn hatte sich ihr Leben plötzlich schrecklich leer angefühlt. Er hatte sie immer seine Prinzessin genannt und über alles geliebt. Dass Richard wieder zu Hause war, rief viele glückliche Erinnerungen wach, die sie bewahren wollte, daher war sie bereit, sich im Zweifelsfall für ihn zu entscheiden.

Alle Partygäste hatten davon geschwärmt, wie viel Spaß man mit ihm habe und wie die Kinder ihn anhimmelten, besonders Maggie. Es war schön gewesen, die beiden zusammen zu beobachten.

»Ich habe mich von dem Geld verabschiedet, als ich den Scheck unterschrieben habe«, erklärte Grady unwirsch.

»Er wird es dir zurückzahlen«, beharrte Savannah.

Ihr großer Bruder blickte sie so lange an, dass ihr unbehaglich zumute wurde. »Wann wirst du es endlich begreifen, Savannah? Richard benutzt die Leute nur. Aus ihm wird nie etwas, weil er noch nie die Verantwortung für etwas übernehmen musste. Ich möchte, dass er von der Ranch verschwindet.«

»Du irrst dich, Grady. Richard hat vielleicht einige

schlechte Gewohnheiten – wie wir alle –, aber er hat ein gutes Herz.«

»Mach dir doch nichts vor. Wenn er aufsteht, soll er seine Sachen packen und abhauen. Ich bin zum letzten Mal für seine Schulden aufgekommen.«

»Das ist nicht dein Ernst!« Sie konnte nicht fassen, dass Grady so hart war.

»Bis Mittag ist er verschwunden.«

»Grady ... bitte.« Ihre Stimme bebte. »Tu das nicht.«

»Diesmal gebe ich nicht nach«, erwiderte er, während er Müll in den Sack stopfte.

Savannah fuhr erschrocken zusammen, weil er so wütend war.

»Reden Sie nicht so mit ihr.« Laredo kam zu ihr, und Grady und er funkelten sich böse an.

»Was schlägst du vor, Savannah?«, fragte Wiley, den das Verhalten der beiden Männer offenbar amüsierte. »Sollen wir sie mit dem Schlauch abspritzen, damit sie sich beruhigen?«

»Keine schlechte Idee«, erwiderte sie.

»Okay«, verkündete er energisch. »Wir sind hier fertig.« Er stellte sich direkt vor Laredo.

Nach kurzem Zögern nickte dieser und stellte die Harke weg, um Wiley in den Stall zu folgen. Als er ihrem Blick begegnete, zwinkerte er ihr zu.

Sofort spürte sie, wie ihr die Röte in die Wangen schoss, weil sie an den Tanz mit ihm denken musste. Nachdem sie den ganzen Tag in der Küche verbracht hatte, hatte sie bestimmt unmöglich ausgesehen. Trotzdem hatte er sie seine

Liebste genannt und sie angesehen, als wäre sie schön. Nach ihr hatten sich die Männer noch nie umgedreht, und ihre Schüchternheit hatte alles noch schlimmer gemacht.

Irgendwann hatte sie die Hoffnung aufgegeben, je die große Liebe zu finden. Sie war davon ausgegangen, dass sie einfach nicht der Typ zum Heiraten sei.

Doch Laredo hatte ihr Leben in weniger als zwei Wochen von Grund auf verändert. Er hatte ihr Anlass zum Träumen gegeben und das kostbarste Gefühl überhaupt in ihr geweckt – Hoffnung.

»Bestimmt erwartest du von mir, dass ich mich bei dir entschuldige, weil ich mich gestern Abend blamiert habe«, riss Gradys Stimme sie aus ihren Gedanken.

»Das bist du Laredo und mir schuldig.«

Grady zögerte und erwiderte dann zu Savannahs Überraschung: »Wahrscheinlich hast du recht. Meine einzige Entschuldigung ist, dass ich wütend auf Richard war und es an Laredo ausgelassen habe. Mir ist klar, dass ich mich wie ein Idiot benommen habe. Es muss daran gelegen haben, dass ich auf leeren Magen getrunken habe. Ich wäre dir dankbar, wenn wir das Ganze vergessen könnten«, fügte er steif hinzu.

»Unter einer Bedingung.«

»Du willst, dass ich mich bei Laredo entschuldige.«

»Du hast dich ihm gegenüber eben nicht besser benommen als gestern Abend.«

»Ich weiß.« Er fuhr sich übers Gesicht, und Savannah fiel auf, dass er aussah, als hätte er kaum geschlafen. »Ich werde später mit ihm sprechen.«

»Was hast du eigentlich gegen ihn?«, fragte sie. »Er ist ganz anders, als du denkst. Aufmerksam und fleißig …«

»Würde es dir etwas ausmachen, ihn ein anderes Mal in den Himmel zu loben?«

»Ach, Grady.« Erst in diesem Moment wurde ihr klar, dass er einen Kater hatte. Anscheinend hatte er nach seiner Auseinandersetzung mit Laredo noch mehr getrunken – und vermutlich war es nicht bei Bier geblieben. Sie hatte sich kurz darauf in ihr Zimmer zurückgezogen, schnell geduscht und war dann ins Bett gefallen. Sie war sofort eingeschlafen, in der Nacht jedoch mehrmals aufgewacht. Aber immerhin hatte sie keinen Kater wie ihr Bruder.

»Ja«, meinte Grady und stöhnte. »Als alle weg waren, habe ich mir einige Drinks genehmigt. Ich dachte, es würde mir guttun. Fehlanzeige. Aber weißt du was? Ich habe meinen guten Scotch gesucht. Was glaubst du, wo er abgeblieben ist?«

Savannah zuckte mit den Schultern.

»Fängt mit R an.«

»Oh nein. Bist du sicher?«

Er warf ihr einen zynischen Blick zu und machte sich dann wieder an die Arbeit.

Als sie mit dem Aufräumen fertig waren, trank er noch schnell eine Tasse Kaffee und machte sich dann auf. Savannah kehrte ins Haus zurück. Richard tauchte erst gegen elf auf.

»Guten Morgen, meine schöne Savannah!« Er küsste sie auf die Wange und setzte sich auf den Küchentresen, einen Becher Kaffee in der Hand. »Was gibt's zum Frühstück?«

»Wir essen bald Mittag.«

»Ich hatte mich schon auf dein köstliches Rührei mit Käse gefreut.«

»Richard«, begann sie wütend. »Wie konntest du es Grady überlassen, Adam Braunfels für das Barbecue zu bezahlen?«

»Ich habe wirklich ein schlechtes Gewissen deswegen. Ich hatte Adam meine Situation erklärt und dachte, er wäre damit einverstanden, dass ich ihn später bezahle. Warum er seine Meinung geändert hat, weiß ich auch nicht.«

Es fiel ihr zunehmend schwerer, ihm zu glauben.

Offenbar war ihm das klar, denn er sprang vom Tresen herunter, kam zu ihr und nahm ihre Hand. »Ich verspreche dir hoch und heilig, dass ich Grady das Geld zurückzahle, sobald mein Scheck da ist. Du musst mir vertrauen.«

Das wollte sie ja, doch die Zweifel blieben.

»Du bist die Einzige, die an mich glaubt«, fuhr er bekümmert fort. »Wenn du nicht wärst, hätte Grady mich gleich vor die Tür gesetzt. Gib mir die Chance, mich zu beweisen.«

Savannah betrachtete ihn. Obwohl es so aussichtslos erschien, hegte sie einen kleinen Funken Hoffnung, dass er sein Versprechen erfüllen würde.

Plötzlich leuchteten seine Augen auf. »Ich kann es kaum erwarten, sein Gesicht zu sehen, wenn ich ihm das Geld gebe.«

Nun entspannte sie sich wieder. Er hatte Fehler gemacht, aber jetzt war er älter und reifer. Ganz bestimmt würde er Grady und sie kein zweites Mal ausnutzen.

»Glaubst du mir?« Eindringlich sah er sie an.

»Ich glaube dir«, flüsterte sie und betete im Stillen, dass er sie nicht enttäuschen würde.

Richard drückte ihre Hand. »Du wirst es nicht bereuen, das verspreche ich dir. Ich werde beweisen, dass Grady sich in mir getäuscht hat. Du hast mir als Einzige vertraut, und eines Tages wirst du ihm ins Gesicht lachen können.«

»Das würde ich nie tun«, protestierte sie.

»Machst du mir jetzt Rührei?«

»Na gut«, gab sie nach, obwohl sie das Frühstücksgeschirr schon vor einer Viertelstunde abgewaschen hatte.

Er umarmte sie und schwang sich wieder auf den Tresen, während sie Eier, Käse und Milch aus dem Kühlschrank nahm.

»Ich habe mich in deinem Rosengarten umgesehen. Wo hast du die hübschen weißen Rosen gefunden?«

»Ach, irgendwo in der Gegend«, erwiderte Savannah ausweichend.

»Du warst dort, richtig?«, fragte er und senkte seine Stimme zu einem Flüstern.

»Was meinst du mit ›dort‹?«, gab sie sich nichtsahnend.

»Spiel keine Spielchen mit mir, Savannah. Das liegt dir nicht.«

Das Blut schoss ihr in die Wangen. Richard hatte recht, es hatte ihr noch nie gelegen, ihm etwas vorzumachen. Außerdem war es nicht das erste Mal, dass er sie mit Fragen über die Rosen und die Geisterstadt bombardierte.

»Bist du in einem der Gebäude gewesen?«, fragte er. »Sie stehen immer noch, stimmt's? Nach all den Jahren! Ich finde es erstaunlich, dass nach wie vor nur eine Handvoll Leute von Bitter End wissen.«

»Ja, das ist erstaunlich«, bestätigte sie.

»Ich wette, die Häuser waren in einem schlimmen Zustand.«

»Die Stadt selbst habe ich mir nicht angesehen.« Was immer auf dem Friedhof war, hatte sie bereits abgeschreckt. Doch sie hatte beschlossen, heute noch einmal dorthin zu fahren.

»Und wo liegt es genau?«, fragte Richard.

»Oh, östlich von hier. Es war schwer zu finden.« Mehr wollte sie dazu nicht sagen.

»Hattest du keine Angst?«

Sie goss das geschlagene Ei in die kleine Pfanne. »Eigentlich nicht.«

»Ich halte es für keine gute Idee, wieder dorthin zu fahren«, erklärte er zu ihrer Überraschung, denn wenige Tage zuvor hatte er angedeutet, dass er sie begleiten wolle. Er toastete zwei Scheiben Brot, strich Butter darauf und setzte sich dann an den Tisch.

»Ich muss wieder hin. Bestimmt gibt es dort noch mehr Rosen. Vielleicht finde ich sogar eine noch seltenere Sorte.«

»Überleg es dir gut.« Richard lächelte dankbar, als sie ihm das Rührei servierte. »Eine Geisterstadt ist kein Ort, den du erkunden solltest.«

»Du hast doch selbst gesagt, dass du gern mitkommen würdest.«

»Ich?« Er legte sich die Hand auf die Brust. »Bestimmt nicht. Ich werde nicht einmal in die Nähe von Bitter End fahren, denn ich habe einen gesunden Respekt vor übernatürlichen Dingen.«

Für sie war das Thema beendet. Ihr Entschluss stand fest. Und sie würde ihn nicht weiter mit irgendjemandem diskutieren. Wie beim letzten Mal wäre es das Beste, wenn sie sich heimlich davonschlich, bevor einer ihrer Brüder es bemerkte.

***

Grady saß in seinem Büro und versuchte krampfhaft, sich auf die Buchhaltungszahlen auf dem Bildschirm vor ihm zu konzentrieren. Er hatte in der vergangenen Nacht nur wenige Stunden geschlafen, weil sein Magen ständig rebelliert hatte.

Hochprozentiges hatte er noch nie vertragen, schon gar nicht in großen Mengen. Nach der peinlichen Szene auf der Party hatte er sich mit einer Flasche billigem Whiskey in seinem Büro verkrochen.

Nun platzte ihm fast der Schädel. Er konnte nicht klar denken. Richard war noch nicht einmal eine Woche da, und schon war Grady ein Wrack …

Im nächsten Moment klingelte das Telefon, und er kniff die Augen zu, weil das Geräusch unerträglich war. Er wartete, dass Savannah abnahm, denn niemand sollte wissen, dass er in seinem Büro war.

Das Telefon klingelte ein zweites, dann ein drittes Mal. Wo war Savannah, verdammt noch mal? Oder Richard? Da er es nicht länger aushielt, nahm Grady selbst ab.

»Wer zum Teufel ist da?«, fragte er unwirsch.

Es folgte Schweigen, dann ein Schluchzer, und schließlich sagte jemand: »Mommy. Mommy.«

Verflucht! Es war Maggie, die offenbar mit Savannah sprechen wollte, und er hatte ihr einen Riesenschrecken eingejagt.

»Maggie!«, rief er, in der Absicht, sich bei ihr zu entschuldigen, und schöpfte Hoffnung, als jemand den Hörer nahm.

»Maggie, hör zu …«

»Hier ist Caroline«, drang Carolines Stimme kühl durchs Telefon. »Was hast du zu Maggie gesagt?«

»Ich wusste nicht … Ich dachte …« Selbst seine Zunge gehorchte ihm nicht mehr.

»Offenbar hast du nicht gedacht.«

Im Hintergrund hörte er Maggie leise weinen.

»Es tut mir leid«, sagte er. »Verdammt, ich wusste nicht, dass es Maggie ist. Ich wollte ihr bestimmt keine Angst einjagen.«

»Was ist bloß in dich gefahren, Grady?«

Er stützte den Kopf auf seine Hand. Wenn sich darauf

so einfach eine Antwort finden ließe, hätte er sich viele Peinlichkeiten ersparen können.

»Du hast dich gestern Abend lächerlich gemacht.«

»Wie nett von dir, mich daran zu erinnern!« Typisch Caroline! Wenn es einem sowieso schlechtging, versetzte sie einem mit ihrer direkten Art noch einen Tritt hinterher.

»Du hast zu viel getrunken.«

»Du hast mir selbst ein Bier gebracht.«

»Dann ist also alles meine Schuld?«

»Nein.« Er fühlte sich elend. »Ich nehme die Schuld auf mich.«

Caroline schwieg einen Moment. Schließlich atmete sie tief durch und fragte: »Wo ist Savannah?«

»Keine Ahnung. Ich dachte, sie würde ans Telefon gehen.«

»Geht es ihr gut?«

»Heute Morgen ging es ihr gut.«

Im Hintergrund war nun ersticktes Schluchzen zu hören.

»Was machst du eigentlich zu Hause?«, fragte Grady.

»Maggie ging es heute Morgen nicht so gut. Deswegen habe ich mir freigenommen.«

»Und wie geht es ihr jetzt?«

»Besser – zumindest ging es ihr besser«, fügte Caroline spitz hinzu.

»Ich würde mich gern bei ihr entschuldigen.« Er wusste zwar nicht, wie er mit einer Fünfjährigen reden sollte, aber er wollte nicht, dass sie jedes Mal, wenn sie ihn sah, vor Schreck zusammenzuckte. Sie war ein süßes kleines Mädchen, und Savannah hing sehr an ihr.

»Ich weiß nicht, ob sie mit dir reden will.«

»Frag sie bitte.« Unwillkürlich verstärkte er den Griff um den Hörer, während er wartete. Er hörte, wie Caroline auf Maggie einredete und ihn mit dem Biest aus *Die Schöne und das Biest* verglich. Er sei zwar sehr laut und furchteinflößend, doch in Wirklichkeit ein verzauberter Prinz.

Wenige Minuten später meldete sie sich wieder. »Tut mir leid, Grady, aber ich kann sie nicht davon überzeugen, dir noch eine Chance zu geben.«

»Das kann ich ihr nicht verdenken«, erwiderte er und seufzte. »Ich war ziemlich unfreundlich.«

»Sie wollte Savannah erzählen, dass sie Bauchschmerzen hat.«

»Mein Mitgefühl wollte sie nicht, stimmt's?«

Ihr leises Lachen munterte ihn etwas auf.

»Das könnte man so sagen«, erwiderte sie sanft.

»Ich war ein Biest, stimmt's?«

»Stimmt.«

»Würdest du Maggie bitte ausrichten, dass es mir leidtut? Ich verspreche, dass ich sie nie wieder anschreien werde.« Wenn Maggie das nächste Mal auf die Ranch kam, würde er versuchen, die Dinge wieder ins Lot zu bringen. »Ich werde Savannah sagen, dass ihr angerufen habt.« Er nahm einen Stift, um es sich zu notieren. Sonst vergaß er es womöglich, und er glaubte nicht, dass Caroline ihm das verzeihen würde.

Nachdem sie sich voneinander verabschiedet hatten, legte Grady auf.

Er versuchte, sich wieder auf die Zahlen zu konzentrieren, entschlossen, seine Zeit nicht zu verplempern. Im Gegensatz zu seinem nichtsnutzigen Bruder konnte er nicht bis mittags im Bett liegen.

***

Laredo nahm an, dass er Savannah im Rosengarten antreffen würde, doch sie war nirgends zu sehen. Im Haus war sie auch nicht.

Grady war ebenfalls verschwunden, aber das war eher ein Segen.

Da er nicht wusste, wo er sie als Nächstes suchen sollte, kehrte er zum Stall zurück, obwohl er sie dort nicht vermutete. Er machte sich ernsthaft Sorgen um sie, zumal sie an diesem Morgen ziemlich blass gewesen war.

Die Tür quietschte, als er sie öffnete. Licht fiel in den Stalltrakt, und Savannah wirbelte herum. Schuldbewusst sah sie ihn an.

Er hatte keine Ahnung, was sie hier tat, aber offenbar wollte sie nicht, dass jemand es erfuhr.

»Savannah?«

»Hallo.« Sie lächelte ein wenig verlegen.

»Was machst du hier?«

»Nichts. Ich …«

Er breitete die Arme aus, und ohne zu zögern, kam sie

zu ihm. Er zog sie an sich. »Spiel bloß niemals Poker, Honey. Dein Gesichtsausdruck verrät alles.«

Sie legte ihm die Arme um die Taille und barg das Gesicht an seiner Schulter. »Was gestern Abend passiert ist, tut mir so leid.«

Es war das erste Mal, dass sie Gelegenheit hatten, darüber zu sprechen, aber er zog es vor, das Ganze zu vergessen. Schließlich hatte er Grady in seine Schranken gewiesen, und nach seinem Gespräch mit Hennessey war er ohnehin wütend auf ihn gewesen.

»Vergessen wir's, okay?«

Sie seufzte tief. »Willst du das denn?«, fragte sie ernst.

»Ja.«

»Ich bin auch bereit, es zu vergessen – mit einer Ausnahme.« Liebevoll blickte sie ihn an.

»Und das wäre?« Er wusste nicht, womit er es verdient hatte, dass eine so schöne Frau wie sie ihn so ansah.

»Ich könnte den … Vorfall vergessen, wenn Grady mich nicht um den Tanz gebracht hätte.«

»Nicht um den ganzen Tanz.«

»Ich bereue jede Sekunde, die mir entgangen ist.«

Laredo küsste sie aufs Haar und griff hinter sich, um ihre Hände zu nehmen. »Hörst du die Musik?«

»Musik?« Savannah kniff die Augen zusammen, als würde sie angestrengt lauschen. Erst dann merkte sie, was er tat. Als sie lächelte, musste er an sich halten, um nicht die Lippen auf ihre zu pressen.

»Ich glaube, ich höre tatsächlich Musik.« Sie strahlte glücklich.

Er tanzte so schwungvoll mit ihr, dass ihr Rock sich bauschte. Sie warf den Kopf zurück und lachte so glücklich, dass Laredo auch lächeln musste.

Sie drehten sich immer schneller, bis sie beide ganz außer Atem waren und sich vor Lachen bogen. Keuchend presste sie sich die Hand an den Hals und holte tief Luft.

»So, und nun gestehe«, sagte Laredo, sobald er wieder sprechen konnte. Er lehnte an der Wand und beobachtete, wie sie sofort wieder ernst wurde.

»Gestehen?«

»Was hast du vorhin gemacht?«

Verlegen senkte sie den Kopf. »Es wird dir nicht gefallen.«

Er konnte sich nicht vorstellen, dass sie je etwas getan hatte, was ihm nicht gefallen hatte. »Warum?«

»Ich war gerade im Begriff, das Versprechen zu brechen, das ich dir gegeben habe. Es … es tut mir leid …«

Plötzlich dämmerte es ihm. Sie hatte ihre Sachen zusammengesucht, um heimlich zu dieser verdammten Geisterstadt zu fahren. Zum Glück hatte er sie rechtzeitig gefunden. Allerdings war er enttäuscht, weil er geglaubt hatte, sie würde ihr Wort halten.

»Es tut mir leid«, wiederholte sie so zerknirscht, dass er ihr sofort verzieh. »Richard und ich haben heute Vormittag über Bitter End gesprochen, und ich habe den unwiderstehlichen Drang verspürt, wieder hinzufahren. Jetzt. Heute. Ich muss es tun, Laredo. Wegen der Rosen. Und ich wollte nicht, dass Richard es erfährt. Oder Grady. Ich wusste nicht, wo du warst … und ich muss so schnell wie möglich weg.« Nun sah sie ihn wieder an. »Kannst du mitkommen? Es wird nicht lange dauern. Ich werde Grady eine Nachricht hinterlassen und es ihm erklären.«

»Also gut«, gab Laredo nach. »Wir fahren.«

Strahlend kam sie zu ihm und küsste ihn flüchtig. »Ich packe einige Sachen ein, dann können wir hinterher ein Picknick machen.«

Er brachte es nicht über sich, sie zu enttäuschen, aber für ein Picknick hatte er keine Zeit. Nicht einmal für ein Picknick mit Savannah … Unwillkürlich dachte er an all die Arbeiten, die auf ihn warteten. Und Grady verließ sich darauf, dass er sie erledigte.

»Wie lange dauert es ungefähr?«

»Nicht lange«, versprach Savannah. »Ich will nur ein wenig herumgehen und nach Rosen suchen.«

Laredo nickte.

»Einige Meilen die Straße entlang gibt es ein herrliches Plätzchen an der Flussbiegung. Dort können wir unsere Mittagspause machen und etwas essen.«

Offenbar war sie nicht bereit, auf das Picknick zu verzichten, und im Grunde verlangte sie ja auch nicht zu viel von ihm.

Als er die Gerätschaften auf die Ladefläche des Pick-ups legte, beschlich ihn ein starkes Unbehagen. Anscheinend hatte ihn das, was Grady ihm über die Geisterstadt erzählt hatte, stärker beeindruckt, als ihm klar gewesen war.

Obwohl sie die Ranch noch nicht einmal verlassen hatten, war er davon überzeugt, dass sie besser nicht nach Bitter End fahren sollten.

8. Kapitel

Der Pick-up schaukelte hin und her, als sie sich Bitter End näherten, sodass Savannah ständig mit der Schulter gegen Laredo stieß. Zum Glück konnten sie ihren Reifenspuren vom letzten Mal folgen, sonst hätte sie die Stadt womöglich nicht mehr gefunden.

Laredo verstärkte den Griff ums Lenkrad. »Ich kann es nicht fassen, dass du die Stadt allein entdeckt hast.«

»Ich habe ja auch wochenlang danach gesucht.«

Der Wagen machte einen Satz, und Laredo fluchte leise.

»Wir sind gleich da«, versicherte sie. Obwohl er vorsichtig fuhr, konnte er nicht verhindern, dass der Wagen so schaukelte, denn es gab nicht einmal eine richtige Straße.

Schließlich ging es nicht mehr weiter, und er hielt an.

»Von hier ist es nicht mehr weit zu Fuß«, erklärte sie.

Der Weg führte durch dichtstehende Zedern und dichtes Unterholz hindurch, sodass sie beide außer Atem waren, bevor die Stadt in Sicht kam.

»Das ist also Bitter End«, bemerkte Laredo leise, als sie einen Felsvorsprung erreichten, von dem aus man die Stadt sehen konnte.

Von Weitem sah Bitter End wie jede andere verlassene Siedlung aus. Die Hauptstraße war auf jeder Seite von vier oder fünf leerstehenden Häusern gesäumt, die alle unterschiedlich baufällig waren, und überall lagen Steppenläufer, die der Wind dorthin geweht hatte. Die Stille ließ die Stadt beängstigend unwirklich erscheinen. Pflanzen waren nirgends zu sehen, doch es musste irgendwo Rosen geben.

Das höchste Gebäude war die Kirche. Sie lag auf einem Hügel am anderen Ende der Stadt, neben dem Friedhof, und war immer noch in erstaunlich gutem Zustand. Lediglich der Turm war rußgeschwärzt, offenbar von einem Blitzschlag. Auf der anderen Seite des Orts befand sich ein Korral.

Über eine felsige Böschung gelangten sie schließlich in die Stadt. Genau wie bei ihrem ersten Besuch überkam Savannah sofort ein Gefühl der Traurigkeit und des Schmerzes. Es waren keine Geister, die von Bitter End Besitz ergriffen hatten. Sondern ein Kummer, der noch genauso intensiv war wie damals.

Sie betrachtete Laredo, der schweigend dastand, als würde er lauschen und doch nichts hören.

»Spürst du es?« Unwillkürlich flüsterte sie. Bei ihrem ersten Besuch hatte sie sich nur zehn Minuten in der Stadt aufgehalten – gerade genug, um die Rosen auszugraben und durch einen Busch aus ihrem Garten zu ersetzen.

»Bist du sicher, dass du es tun willst?«, flüsterte er zurück.

Savannah hakte sich bei ihm unter. »Absolut.«

»Dann lass es uns hinter uns bringen und wieder verschwinden.«

»Es gibt hier keine Geister.«

»Wie du meinst.« Zum ersten Mal seit ihrer Ankunft lächelte er.

Wenn er es nicht so eilig gehabt hätte, hätte sie sich gern eines der Häuser von innen angeschaut, obwohl sie ohnehin schon das Gefühl hatte, die Stadt unbefugt zu betreten.

»Wo willst du anfangen?«, erkundigte er sich, als sie sich der Hauptstraße näherten.

»Egal. Letztes Mal war ich auf dem Friedhof.« Sie deutete in die entsprechende Richtung. Hand in Hand gingen sie weiter. Sein Händedruck beruhigte sie.

Doch je weiter sie in die Stadt hineingingen, desto stärker wurde die bedrückende Atmosphäre. Bei ihrem ersten Besuch war Savannah durch die Stadt gelaufen.

Auf dem Friedhof war das beklemmende Gefühl nicht annähernd so stark gewesen, und während sie die Rosen ausgebuddelt hatte, hatte sie fasziniert die Grabsteine betrachtet. Obwohl die meisten Inschriften unleserlich waren, hatte sie sich vorgestellt, wie die Leute in Bitter End gelebt haben mussten. Vermutlich hatten Hungersnöte, Krankheiten und die Naturgewalten ihr Leben bestimmt.

Savannah erinnerte sich an die Geschichten, die sie über die Besiedelung des Landes gelesen hatte, Geschichten, die sie eines Tages auch ihren Kindern vorlesen würde.

Ihren Kindern.

Seit sie Laredo kannte, erschien es ihr nicht mehr so unwahrscheinlich, eines Tages zu heiraten und eine Familie zu gründen. Trotz der unheimlichen Atmosphäre schlug ihr Herz schneller vor Glück.

Nachdem sie die Straßen erkundet hatten, wurde Savannah klar, dass sie sich die Fahrt hätten sparen können. In der Stadt selbst gab es nicht eine Pflanze. Alles war tot, auch das Land.

Selbst der einzige Baum, eine knorrige Eiche, war abgestorben. Er war stummer Zeuge einer längst vergessenen Zeit.

»Findest du es nicht seltsam, dass hier überhaupt nichts wächst?«, meinte Laredo.

Savannah nickte. »Ich glaube, ich möchte zurück.«

»Ich auch«, erwiderte er leise.

»Zum Friedhof, meine ich.«

Er zögerte. »Hältst du das für klug?«

»Ich weiß nicht, aber ich möchte mich dort noch einmal umsehen.«

»Wir sollten das Schicksal nicht herausfordern.«

Er umfasste ihre Hand so fest, dass es beinah schmerzte. Allerdings tat er es nicht bewusst. Er war lediglich angespannt.

»Also gut«, lenkte sie ein. »Wir kehren zurück. Ich werde mich ein andermal umsehen.«

»Nein. Du solltest nicht noch einmal hierherkommen«, sagte er eindringlich. »Hast du verstanden? Dieser Ort ist mir nicht geheuer.«

»Nein. Eines Tages habe ich vielleicht allen Grund, hierher zurückzukehren.«

Statt weiter mit ihr zu diskutieren, zog er sie mit sich den schmalen Pfad entlang. Dabei blickte er immer wieder über die Schulter zurück.

Unterwegs merkte Savannah, wie das unheimliche Gefühl allmählich schwächer wurde und schließlich ganz verschwand.

Am Wagen angekommen, hielt Laredo ihr die Tür auf und setzte sich dann wieder ans Steuer. Es war offensichtlich, dass er nicht schnell genug wegkommen konnte. Er schien noch angespannter als sie zu sein.

Sie wollte nicht wissen, was diese düstere Atmosphäre in Bitter End hervorgerufen hatte. In dieser Stadt gab es nichts Gutes, und das war vielleicht schon immer so gewesen.

***

Das Leben ist voller Geheimnisse, schoss es Laredo durch den Kopf, als er an die Geisterstadt dachte. Zum ersten Mal konnte er verstehen, warum Grady nicht wollte, dass Savannah dorthin fuhr. Er wusste nicht, was an diesem grauenhaften Ort passiert war, aber er musste es auch nicht wissen.

Laredo lehnte sich gegen den Stamm des Hickory und beobachtete, wie Savannah den Picknickkorb auspackte. Er hatte nach wie vor kaum die Ruhe, den Nachmittag entspannt im Schatten eines Baumes zu verbringen, war dieser kleinen Pause jedoch nicht mehr ganz so abgeneigt wie vorher.

Sie hatte wirklich ein herrliches Fleckchen ausgesucht. Das Rauschen des Flusses bildete einen scharfen Kontrast zu der Stille in Bitter End.

Nachdem sie den Korb ausgepackt hatte, legte sie Roastbeef-Sandwiches, Kartoffelsalat vom Vortag und selbsteingelegte Pickles auf einen Teller. Eine Weile aßen sie in einvernehmlichem Schweigen. Dann fingen sie beide gleichzeitig an zu reden.

»Du hast es auch gespürt, stimmt's?«, fragte Savannah.

»War es genauso wie vorher?«, erkundigte sich Laredo.

Sie lächelten beide, dann meinte er: »Lass uns nicht über die Stadt reden.«

»Warum nicht?«

Er wusste nicht, ob sie enttäuscht oder erleichtert war. »Ich möchte über dich reden.«

»Über mich?« Sie schüttelte den Kopf. »Du weißt bereits alles.«

»Sicher nicht. Zum Beispiel würde mich interessieren, wer dir beigebracht hat, so fantastisch zu kochen?« Er konnte sich nicht entsinnen, je so etwas Leckeres gegessen zu haben – höchstens als Kind, und damals hatte er es nicht zu schätzen gewusst.

»Meine Mutter hat sehr gern gekocht und gebacken. Wahrscheinlich sind wir uns ähnlicher, als ich dachte. Du hättest sie gemocht. Sie war eine wunderbare Frau.«

Das bezweifelte er nicht. »Du würdest meine Mutter auch mögen.«

Eigentlich hatte er nicht über sich sprechen wollen, doch sie hakte nach, und ehe er sich's versah, beantwortete er ihre Fragen und erzählte ihr von seiner Mutter, die in Tulsa lebte. Dass sie nach dem Tod seines Vaters wieder in ihr Elternhaus gezogen war, wo sie immer noch lebte. Und dass sie seit zwanzig Jahren einen Freund hatte, den sie allerdings nicht heiraten wollte.

»Bestimmt würde ich sie mögen«, erklärte Savannah mit einem wehmütigen Lächeln auf den Lippen. Dann senkte sie den Blick. »Würdest du … Ach, nichts.« Sie riss einen Grashalm ab und drehte ihn nervös zwischen den Fingern.

»Was?« Ihr war natürlich nicht klar, dass er alles für sie getan hätte. Sie musste ihn nur darum bitten.

Savannah sah ihn flüchtig an, bevor sie wieder den Blick abwandte. »Würdest du gern den Kopf in meinen Schoß legen?«

Er zögerte keinen Moment. Wie traumhaft das ist, dachte er, als er den Kopf auf ihren Schenkel legte und sie sanft die Finger in sein Haar schob. Das rief wieder eine Erinnerung an seine Eltern in ihm wach. Seine Mutter hatte seinem Vater immer in der Küche die Haare geschnitten. Obwohl Laredo damals höchstens vier gewesen war, hatte er noch genau vor Augen, wie liebevoll sie seinem Vater das Haar aus der Stirn gestrichen hatte. Daraufhin hatte sein Vater stets ihre Hand genommen und die Innenfläche geküsst.

Ohne sich dessen bewusst zu sein, nahm Laredo Savannahs Hand und führte sie an die Lippen. Die Gefühle, die er verspürte, waren so intensiv, dass sein Herz sich zusammenkrampfte.

Er hatte nicht vorgehabt, sie zu küssen, aber es erschien ihm genauso natürlich wie das Atmen. Er hob den Kopf und presste sanft die Lippen auf ihre. Das Verlangen, das in ihm aufflammte, überraschte ihn. Es war so intensiv, dass er es kaum bändigen konnte.

Nur einen Kuss, nahm er sich vor. Doch er merkte bald, dass keiner von ihnen sich damit zufriedengab. Sie küssten sich immer wieder und jedes Mal leidenschaftlicher. Laredo musste seine ganze Willenskraft aufbieten, um aufhören zu können.

»Ich mag es, wenn du mich küsst«, flüsterte Savannah, ohne die Augen zu öffnen.

»Ich mag es auch.«

»Hör nicht auf«, bat sie ihn.

Auch diesmal konnte er sie nicht zurückweisen.

Wider Erwarten war dieser Kuss noch leidenschaftlicher als die anderen. Savannah lag nun vor ihm auf der Decke und lächelte ihn an, und Laredo beugte sich über sie.

»Ich möchte, dass du niemals aufhörst. Du schmeckst so gut«, flüsterte sie, als er zögerte.

»Süße, du weißt nicht, was du da von mir verlangst.«

»Doch.« Ihre Lippen waren feucht und leicht geschwollen.

Ihm war klar, dass die Küsse ihnen bald nicht mehr genügen würden. Sie waren fast an dem Punkt angelangt.

»Savannah.« Fieberhaft überlegte er, wie er ihr erklären sollte, dass er es für keine gute Idee hielt, weiterzumachen.

Doch sie gab ihm keine Gelegenheit dazu, denn sie legte ihm die Arme um den Hals und zog ihn zu sich herunter.

Er konnte sich kaum länger beherrschen, drängte ihre Lippen auseinander und umspielte ihre Zunge mit seiner. Dabei erwartete er … Verdammt, er wusste nicht, was er erwartete! Jedenfalls nicht, dass sie seinen Kuss derart leidenschaftlich erwiderte. Schließlich gab er seinen Widerstand ganz auf. Sie umklammerte seine Schultern, als wollte sie ihn noch näher an sich ziehen und ein Teil von ihm werden. Er war davon überzeugt, dass ihr das Ausmaß seiner Reaktion gar nicht bewusst war.

Vor allem wollte er nicht, dass es mit etwas endete, wofür sie noch nicht bereit war. Womit er ihr später nur das Herz brechen würde, wenn er die Stadt verließ.

Als er nicht mehr ertragen konnte, löste er sich unvermittelt von ihr und rollte sich weg. Es kostete ihn eine enorme Willenskraft.

»Habe ich etwas falsch gemacht?«, fragte Savannah nach einem Moment.

Laredo wartete, bis er wieder normal atmen konnte. »Das würde ich nicht sagen.«

»Warum hast du dann aufgehört?«

Er schloss die Augen und schwieg. Er kannte seine Grenzen, und die hatte er eben erreicht. Schließlich setzte er sich auf und lächelte – zumindest versuchte er zu lächeln. Um einen klaren Kopf zu bekommen, atmete er einige Male tief durch.

»Ich habe Paul angerufen und ihn gefragt, wie weit er mit der Reparatur ist«, sagte er und blickte dabei hoch zu den Ästen. Hoffentlich war ihr klar, warum er so unvermittelt das Thema wechselte.

Savannah musterte ihn still.

»Er meinte, die Ersatzteile sind da und er kann jetzt loslegen.«

Sie schwieg immer noch.

»Ich weiß, worauf du hinauswillst, Laredo«, erklärte sie schließlich.

»Tatsächlich?«

»Du willst mir sagen, dass du Promise verlässt, sobald du kannst.«

»Ich möchte dir nicht wehtun, Savannah.«

»Das könntest du gar nicht«, erwiderte sie leise. »Du hast mich so unbeschreiblich glücklich gemacht. Wenn du … gehst …« Es schien ihr schwerzufallen, das Wort auszusprechen. »… werde ich dich nicht davon abhalten. Ich bin für jeden Tag dankbar, den wir zusammen verbringen können. Für jeden Moment … jeden Kuss.«

Er sah das nicht so. Immerhin stand er in ihrer Schuld. »Wir sollten lieber zurückfahren, bevor uns noch jemand vermisst.«

»Noch nicht«, bat sie ihn leise. »Ich habe einen Zettel in die Küche gelegt. Also wird niemand sich Sorgen machen.«

Er wusste nicht, was passieren würde, wenn sie sich wieder küssten. Um nicht in Versuchung zu geraten, stand er auf.

»Nur einen Moment.« Savannah sah ihn so sehnsüchtig an, dass er es ihr nicht abschlagen konnte.

»Also gut.« Er setzte sich wieder hin. »Aber nur ein paar Minuten. Und keine Küsse mehr.«

Aus wenigen Minuten wurden zwei Stunden. Savannah schloss die Augen und war kurz darauf eingenickt. Ob sie letzte Nacht genauso wenig Ruhe gefunden hatte wie er? Der Einzige, der vermutlich tief und fest geschlafen hatte, war Richard.

Laredo ging davon aus, dass es nur eine Frage der Zeit war, bis ihr Bruder sie enttäuschte. Leider konnte er das nicht verhindern.

An den Baum gelehnt, beobachtete er Savannah im Schlaf. Wie schön sie war! Jede Minute mit ihr war ein Geschenk.

Seine Mutter hatte ihm einmal erzählt, es gebe eine göttliche Ordnung. *Wir bekommen zurück, was wir geben …* oder so ähnlich. Damals hatte er nicht richtig zugehört, was er nun bedauerte. Allerdings war ihm, als hätte die Begegnung mit Savannah ihn für alles entschädigt, was je in seinem Leben schiefgelaufen war.

Aber warum hatte er sie ausgerechnet jetzt kennenlernen müssen? Er riss einen Grashalm ab und steckte ihn sich zwischen die Lippen. Warum musste er der Frau seines Lebens begegnen, wenn er ihr nichts bieten konnte und die Umstände es verboten, dass er sie glücklich machen konnte?

Er liebte Savannah. Er liebte sie genug, um sie um ihres Glücks willen verlassen zu können. Sie hatte etwas Besseres verdient.

***

Elaine Frasier war gerade im Lager und kontrollierte eine Lieferung, als Richard Weston das Geschäft betrat. Mit seinem neuen Stetson, den schicken Stiefeln und den Jeans sah er vielmehr wie ein Country-Sänger als wie ein Rancher aus.

»Hier versteckst du dich also.« Er musterte sie anerkennend, und sie hatte nichts dagegen. Glen und die anderen Männer in ihrem Leben waren äußerst sparsam mit Komplimenten.

Für sie war es ein Schock gewesen, Richard nach all den Jahren wiederzusehen. In der Schule hatte sie für ihn geschwärmt, weil er älter als sie gewesen war, attraktiv und charmant. In der Hinsicht hatte er sich nicht verändert.

»Ich dachte, ich lasse mich von dir zum Mittagessen ausführen.« Er blickte über ihre Schulter auf das Klemmbrett.

»Heute habe ich keine Zeit.« Sie hätte die Mittagspause gern mit ihm verbracht, aber sie hatte zu viel zu tun. Glen hatte ihr vorgeschlagen, jemanden für die Buchhaltung einzustellen, doch bisher hatte sie es hinausgezögert.

»Du könntest eine Pause gebrauchen«, meinte Richard sichtlich enttäuscht. »Komm, es wird dir guttun.« Er lächelte verschmitzt. »Man kann viel Spaß mit mir haben.«

»Das habe ich gemerkt.« Elaine bemühte sich nicht, ihr Lächeln zu verbergen. Die Willkommensparty war genau die Aufmunterung gewesen, die sie gebraucht hatte, denn der Druck, der wegen des Geschäfts auf ihr lastete, und die Sorgen um ihren schwerkranken Vater hatten sie sehr mitgenommen.

Glen kam mehrmals in der Woche vorbei, um sie aufzumuntern. Er war ihr bester Freund, und mit seinem bodenständigen Humor hatte er sie bestärkt und ihr Mut gemacht. Auf Richards Party hatte sie zum ersten Mal seit Wochen abschalten können. Sie hatte mit ihm und Glen getanzt – und Richard hatte sie sogar geküsst.

»Vielleicht nehme ich mir für ein oder zwei Stunden frei«, sagte sie und war selbst überrascht darüber.

»Toll.«

Wie oft passiert es schon, dass man seine Schulmädchenträume wahr werden lassen kann? dachte sie. Sicher, sie war damals fünfzehn gewesen und leicht zu beeindrucken, aber Richard Weston war mit Abstand der attraktivste Junge in Promise gewesen, und alle Mädchen hatten für ihn geschwärmt. Allerdings war er ständig mit einer anderen ausgegangen. Auch in der Hinsicht hatte er sich nicht verändert. Mittlerweile musste er fast dreißig sein, und er hatte genauso viele Bekanntschaften wie früher.

»Wohin willst du?«, fragte er.

»Du kannst entscheiden.«

»Wie wär's mit deinem Haus?« Er beugte sich so dicht zu ihr, dass ihr der Duft seines herben Aftershaves in die Nase stieg.

»Mein Haus?«

»Klar. Wir können uns etwas zu essen machen, und danach machen wir's uns auf dem Sofa gemütlich und reden über alte Zeiten.«

Sein Lächeln war wirklich verführerisch. »Was für alte Zeiten?«

»Das entscheiden wir unterwegs.«

»Richard!«

»Was spricht denn dagegen?«

»Zuerst einmal kann ich überhaupt nicht kochen. Und zweitens habe ich keine Zeit, um es mir mit dir auf dem Sofa gemütlich zu machen, so verlockend das auch klingt.«

»Ich wette, ich könnte dich umstimmen.«

»Tatsächlich?« Elaine schüttelte den Kopf und legte das Klemmbrett ins Regal. »Und wie gedenkst du das zu tun?«

Lächelnd nahm er ihre Hand und zog sie hinter sich her.

»He, wohin gehen wir?«

»Irgendwohin, wo wir ungestört sind.« Er zog sie ins Büro und schloss die Tür.

»Richard?«

Ehe sie sich's versah, drückte er sie an die Wand und presste die Lippen verlangend auf ihre. Auf der Party hatte sie seine Aufmerksamkeit genossen, und der Kuss war auch nicht schlecht gewesen. Sie musste sich eingestehen, dass Richard Weston ihre Lebensgeister wieder geweckt hatte.

Als er sich schließlich von ihr löste, hatte sie ganz weiche Knie.

»Wie war das?«, fragte er, die Hände links und rechts von ihr an die Wand gestützt.

»Nicht schlecht.« Sie atmete tief durch. Um ihre Gefühle war es offenbar nicht gut bestellt. Ihr ganzes Leben war völlig aus den Fugen geraten.

»Du kannst noch viel mehr haben.« Er ließ seinen Finger über ihren Hals und tiefer in ihren Ausschnitt bis zu ihren Brüsten gleiten.

Elaine schlug seine Hand weg. »Leider habe ich keine Zeit für eine Affäre.«

»Wo ein Wille ist, ist auch ein Weg.«

»Richard, bitte. Ich fühle mich geschmeichelt, aber …«

Mit einem zweiten Kuss brachte er sie zum Schweigen. Dieser war verführerisch und ein bisschen zu grob.

Elaine konnte nicht fassen, dass sie all das zuließ. Sie fühlte sich geschmeichelt, doch sie war nicht der Typ für ein flüchtiges Abenteuer.

»Ich habe Pflichten.«

»Haben wir das nicht alle?«

»Richard!«

»Ja, so heiße ich.« Er begann, ihre verspannten Schultern zu massieren, und gegen ihren Willen schloss sie die Augen. »Ich möchte, dass du meinen Namen flüsterst, wenn wir es miteinander tun …«

»Das ist nicht dein Ernst!«

»Mir ist noch nie etwas so ernst gewesen. Ich habe an dich gedacht, als ich weg war … und mich gefragt, ob du verheiratet bist. Ich bin froh, dass du es nicht bist.«

»Früher wusstest du doch nicht einmal, wer ich bin!«

»Machst du Witze? Ich habe mich auf dem Laufenden halten lassen.«

Ihr war klar, dass er log. »Ich weiß dein Angebot wirklich zu schätzen, und wenn ich demnächst mal Zeit habe, rufe ich dich an.«

»He, wir wollten zusammen essen.«

Im nächsten Moment klopfte es laut an der Tür. »Elaine, bist du da drin?«

Es war Glen Patterson. Sein Timing hätte nicht besser sein können.

»Komm rein!«, rief Elaine und ging zur Tür.

Glen kam ins Büro und runzelte die Stirn, als er Richard sah.

»Ich wollte Elaine überreden, mal eine Pause zu machen, für eine Stunde oder so. Zum Essen«, erklärte Richard lächelnd, als wäre nichts geschehen.

Leider wirkte Glen nicht im Mindesten eifersüchtig. »Gute Idee.« Er sah sie an. »Du solltest viel öfter rausgehen.«

»Heute geht es nicht. Vielleicht ein andermal«, erwiderte Elaine und verließ das Büro.

Zehn Minuten später folgte Glen ihr ins Lager. »Ist Richard weg?«, fragte sie.

»Ja. Er hat sich kaum verändert, oder?«

»Wie meinst du das?«

Da er nicht antwortete, sah sie schließlich von ihrem Klemmbrett auf.

»Er ist ein Schlitzohr.«

»Das habe ich gemerkt.« Sie fächelte sich Luft zu und atmete tief aus.

»He, was soll das heißen?«

»Sagen wir mal so. Er war an sehr viel mehr interessiert als nur am Essen.«

Verblüfft sah er sie an.

»Überrascht es dich etwa, dass andere Männer mich begehrenswert finden?«

Er zögerte. »Eigentlich nicht«, meinte er schließlich. »Du bist die beste Freundin, die ich je hatte. Und du bist für fast alles zu haben.«

Unwillkürlich musste Elaine an Richards Angebot denken. »Ja, für fast alles.«

Glen lachte. »Verdammt, vielleicht ist es doch keine so schlechte Idee!«

»Du und ich?«

Wieder wirkte er verblüfft. »Nein. Du und Richard.«

9. Kapitel

Am Sonntagmorgen rutschte Maggie zu Savannah in die Kirchenbank und lehnte sich an sie, als Wade McMillen zur Kanzel ging. Savannah legte ihr den Arm um die Schultern und zog sie an sich. Wieder einmal wurde ihr bewusst, wie sehr sie die Tochter ihrer Freundin liebgewonnen hatte.

Reverend McMillen war ein begabter Redner und lockerte seine Predigten oft mit humorvollen Einlagen auf. Er verstand es, die Wahrheit zu vermitteln, ohne dabei penetrant, dogmatisch oder selbstgerecht zu sein. Sie hatte sich oft gefragt, warum er immer noch unverheiratet war, obwohl er in Promise sehr begehrt war. Wenn die Gemeindemitglieder zusammenkamen, wurde häufig darüber getratscht und spekuliert.

Maggie rutschte unruhig hin und her, als die Predigt sich dem Ende zuneigte. Sie lächelte Savannah an und schlug leise ihr Gesangbuch auf. Gleich würde der Chor sich erheben, um zu singen, und die Kleine würde ihre Mutter sehen.

Plötzlich sehnte sich Savannah fast schmerzlich danach, selbst ein Kind zu bekommen. Sie schloss die Augen, und prompt sah sie einen etwa fünf- oder sechsjährigen Jungen vor sich. Er trug ein Hemd, Jeans, einen Hut und Stiefel und war eine jüngere Ausgabe von Laredo – ihr gemeinsamer Sohn. Zusammen mit seinem Vater ging er zum Korral. Eine Welle des Glücks erfasste sie, als sie daran dachte, wie wundervoll es war, dass sie Laredo gefunden hatte.

Er würde ein wundervoller Ehemann und Vater sein. Das Wichtigste war jedoch, dass er sie liebte. Er hatte ihr seine Gefühle zwar nicht gestanden, aber unzählige Male gezeigt. Mit seiner fürsorglichen Art, seinem feinen Gespür für ihre Stimmungen und Bedürfnisse. Als sie in der vergangenen Woche an dem Entwurf für ihren Katalog gearbeitet hatte, hatte er ihr eine Tasse Kaffee gebracht, sie auf die Wange geküsst und den Raum leise wieder verlassen. Als er sie an einem anderen Tag mit einem schweren Korb voller Wäsche aus dem Haus hatte kommen sehen, hatte er ihr diesen, ohne zu zögern, abgenommen.

Nach dem Gottesdienst wartete Caroline draußen vor der Kirche auf Savannah und Maggie. »Ich dachte, Richard wollte dich heute begleiten«, sagte sie.

»Das dachte ich auch.« Savannah war sehr enttäuscht von ihrem jüngeren Bruder. Grady redete kaum mit ihr, was nichts Neues war, und das nur, weil sie immer noch für Richard eintrat. Trotz allem war er ihr Bruder, und sie würde nicht zulassen, dass Grady ihn hinauswarf. Richard hätte gar nicht gewusst, wohin er gehen sollte. Angeblich musste sein Scheck jeden Tag eintreffen, und da sie ihm glaubte – glauben musste –, hatte sie ihm Geld geliehen. Grady und Laredo wussten allerdings nichts davon.

»Meinst du, er wird sich jemals ändern?«, fragte Caroline.

»Er ist mein Bruder«, erwiderte sie nur. Sie war überzeugt, dass ihre Mutter, wenn sie noch gelebt hätte, auch nicht zugelassen hätte, dass Grady seinen kleinen Bruder rauswarf.

»Irgendetwas an dir ist anders als sonst«, bemerkte Caroline, als sie vor ihrem Wagen standen.

»Anders?«, wiederholte Savannah, obwohl sie genau wusste, was Caroline meinte. »Ich bin glücklich«, sagte sie mit einem leisen Lächeln und spürte, wie sie errötete. »Wirklich glücklich.«

»Liegt das etwa an Laredo?«

Savannah senkte den Blick und nickte.

»Ich mag ihn«, verkündete Maggie. »Und Richard.«

»Und was ist mit Grady?«, neckte Caroline sie.

Maggie presste die Lippen zusammen. »Grady ist … okay, aber er schreit zu viel.«

»Ich glaube, sie hat ihm nicht verziehen, dass er sie am Telefon angefahren hat. Ich habe versucht, ihr zu erklären, dass er …«

»Ein Biest ist wie in *Die Schöne und das Biest*«, fiel Maggie ihr ins Wort. »Mir ist es egal, ob er ein Prinz ist. Wenn er schreit, muss ich mir immer die Ohren zuhalten.«

»Oh Maggie«, flüsterte Savannah verständnisvoll. »Grady hat dich sehr gern und möchte dein Freund sein.«

»Dann soll er mich am Telefon nicht anschreien.«

Am liebsten hätte Savannah ihren Bruder sofort zur Rede gestellt. Sie wusste nicht, was er sich dabei gedacht hatte. Seine einzige Entschuldigung war, dass er vermutlich nicht damit gerechnet hatte, dass Maggie über das Festnetztelefon anrief.

Savannah wusste nicht, wer von ihnen sich mehr verändert hatte, Grady oder sie. Dass Richard da war, belastete ihn, und anscheinend war er genauso hin- und hergerissen wie sie.

»Habt ihr Lust, zum Essen zu uns zu kommen?«, fragte sie. Vielleicht würde Maggie ja ein wenig die Angst vor Grady verlieren, wenn sie gemeinsam am Tisch saßen und sich mit einem leckeren Essen ablenkten. »Ich habe einen Braten im Ofen, und als Nachtisch gibt es frischen Erdbeerkuchen.«

»Mmh.« Maggie leckte sich die Lippen. »Erdbeeren mag ich am liebsten.« Mit großen Augen sah sie ihre Mutter an.

»Tut mir leid, heute nicht, Savannah. Lass es uns auf ein andermal verschieben.«

»Ach Mommy …«, bettelte Maggie sofort.

Die Reaktion der Kleinen tröstete Savannah ein wenig. Auch sie war enttäuscht. Seit dem Vorfall am Telefon war Caroline nicht mehr auf der Ranch gewesen und hatte jede Einladung unter einem Vorwand abgelehnt oder einfach höflich Nein gesagt. Hoffentlich würde sich Maggies Angst vor Grady bald legen, damit sie wieder unbeschwert gemeinsam Zeit verbringen konnten.

Als Savannah wieder auf den Hof der Ranch einbog, saß Richard auf der Veranda, spielte Gitarre und sang dazu. Schließlich stand er auf und kam zu ihr, die Gitarre in der Hand.

»Wo warst du den ganzen Vormittag?«, erkundigte er sich, als hätte er sich Sorgen gemacht.

»In der Kirche. Ich dachte, du wolltest mitkommen.«

»Ich wäre auch mitgekommen, wenn du mich geweckt hättest.«

»Du bist erwachsen, Richard.«

»Du bist doch nicht sauer auf mich, oder?«

Sie seufzte. »Nein.«

Er lächelte breit und spielte dann weiter, während sie ins Haus ging. Nachdem sie die Bibel weggelegt hatte, warf sie einen Blick in den Backofen. Das Mittagessen war sonntags die wichtigste Mahlzeit auf der Ranch. Abends versorgte sich jeder selbst, was bedeutete, dass sie sich um nichts kümmern musste und ihre Freizeit genießen konnte.

Eine Stunde später servierte Savannah den Braten, Soße, Kartoffelpüree, Mais, einen grünen Salat und als Nachtisch Erdbeerkuchen. Im Handumdrehen war alles aufgegessen, und während Richard ihr überschwängliche Komplimente machte, verliehen Laredo, Wiley und Grady ihrer Anerkennung eher zurückhaltend Ausdruck.

Danach verschwanden alle, und Savannah hatte Zeit für sich. Es war ein herrlicher Nachmittag, denn der Himmel war blau, und es war sehr warm. Nachdem sie eine Stunde im Garten verbracht hatte, arrangierte sie einen Strauß Rosen in einer Vase und stellte diese in die Küche.

Anschließend nahm sie ihr Strickzeug und setzte sich auf die Veranda. Rocket streckte sich neben ihr aus. Die einzigen Geräusche, die zu hören waren, waren das Rascheln der Blätter in der leichten Brise und das leise Motorengeräusch eines Wagens auf dem Highway. Richard hatte nicht gesagt, wohin er ging, Grady hatte sich in sein Büro zurückgezogen, und Wiley besuchte Mrs. Johnson in Brewster. Wo Laredo war, wusste sie nicht, doch sie hoffte, dass er sich bald zu ihr gesellte.

Da sie beim Stricken ihren Gedanken nachhing, bemerkte sie seine Anwesenheit erst, als er die Veranda betrat.

»Es ist ein herrlicher Nachmittag, nicht wahr?«, fragte sie, und ihr Herz vollführte einen freudigen Hüpfer, als sie sah, dass er sich in den anderen Schaukelstuhl setzte. Solange sie sich entsinnen konnte, hatten ihre Eltern immer in den beiden Schaukelstühlen gesessen, Seite an Seite.

Laredo sah ihr beim Stricken zu. »Meine Mutter strickt auch«, sagte er.

»Meine Großmutter hat es mir beigebracht.« Savannah nahm das Musterbuch und zeigte ihm die Jacke, die sie für Maggie strickte. Dann widmete sie sich wieder ihren Nadeln.

»Der Gottesdienst war heute toll«, fuhr sie fort. »Ich mag Wades Predigten. Heute ging es um die Gelegenheiten, die sich durch Gott ergeben.« Sie hoffte, dass er eines Tages mit ihr in die Kirche gehen würde, brachte jedoch nicht den Mut auf, ihn zu fragen. Noch nicht.

Mut. Sie hatte in ihrem Leben viele Gelegenheiten verpasst, weil sie Angst gehabt hatte. Wovor genau, wusste sie nicht. Aber das ist nun vorbei, entschied sie in diesem Moment.

»Die Predigt hat mich nachdenklich gemacht«, fügte sie mit gesenktem Blick hinzu. Wenn sie ihm jetzt nicht sagte, was sie auf dem Herzen hatte, würde sie es immer bereuen.

»Nachdenklich?«

»Ich musste an die Gelegenheiten denken, die sich in meinem Leben ergeben haben … in letzter Zeit.«

Laredo lehnte sich entspannt zurück und schloss die Augen.

»Ich hatte nie besonders viele Dates«, gestand sie. »Das merkt man mir an, oder?«

Er schob seinen Hut ein Stück höher, um sie ansehen zu können. »Es stört mich nicht, falls du das meinst.«

»Es ist schon ein Nachteil, so wenig Erfahrung zu haben.« Ihr Herz klopfte so schnell, dass es ihr schwerfiel, ruhig zu sprechen.

»Ich würde nichts an dir ändern wollen, Savannah.«

»Das ist schön«, flüsterte sie.

Offenbar hielt er das Gespräch für beendet, denn er streckte die Beine aus und zog seinen Hut wieder tiefer ins Gesicht.

»Ich muss dir etwas sagen, und ich weiß nicht, wie.« Sie hörte mit dem Stricken auf und versuchte, ihre Gedanken zu ordnen.

»Du kannst mir alles sagen.«

»Ich habe mit solchen Sachen kaum Erfahrung – daher verzeihst du mir hoffentlich, wenn ich ganz direkt bin.«

Laredo schob den Hut wieder nach hinten. »Was für Sachen?«

Unwillkürlich verstärkte Savannah den Griff um ihre Stricknadeln. »Ich habe keine Ahnung, wie man mit einem Mann über … Gefühle spricht. Über das, was man sich von einer Bekanntschaft oder einer Beziehung erhofft.«

Er wirkte plötzlich angespannt. »Damit kenne ich mich nicht aus.«

»Oh.«

Einen Moment lang herrschte beklommenes Schweigen, während sie die Worte sorgfältig abwog. »Vielleicht sollten wir einfach ganz offen zueinander sein.«

»Savannah …«, begann er, doch sie ließ ihn nicht ausreden.

»Ich liebe dich, Laredo. Ich bin so glücklich, dass ich manchmal glaube, ich halte es nicht mehr aus. Du sollst wissen, wie dankbar ich dafür bin, dass ich dich kennengelernt habe.«

Anscheinend verblüfften ihre Worte ihn. Langsam setzte er sich auf und blickte starr geradeaus.

Sie wartete. Ihre Hände zitterten jetzt. »Vielleicht hätte

ich das nicht sagen sollen, aber wenn man solche Gefühle für jemanden hat, dann …«

»Savannah«, unterbrach er sie leise. »Sag nichts mehr. Bitte.«

Sie errötete verlegen. »Ist es dir unangenehm, über Gefühle zu sprechen? Hätte ich es dir nicht sagen sollen?«

»Nein. Es geht um mich.«

»Um dich?«, wiederholte sie verwirrt.

»Ich bin nicht der richtige Mann für dich.«

Savannah war so erleichtert, dass sie beinah laut gelacht hätte. »Wie kannst du so etwas behaupten? Ich bin noch nie jemandem begegnet, der so gut zu mir passt wie du.«

»Savannah, ich habe nichts …«

»Glaubst du, das spielt eine Rolle?«

»Ja«, erwiderte er leise. »Das tut es. Ich werde von hier weggehen. Für mich gibt es hier keine Zukunft. Aber für dich. Dein Bruder braucht dich auf der Ranch. Hier ist deine Heimat.«

Sie wartete einen Moment, ließ seine Worte sacken. »Meine Eltern und Grady haben immer geglaubt, zu wissen, was gut für mich ist. Nur hat mich nie jemand nach meiner Meinung gefragt. Ich bin jetzt einunddreißig, und ich weiß, was ich will. Ich will dich. Ich liebe dich.«

Laredo beugte sich vor und drückte die Ellbogen auf die Knie, als hätten ihre Worte ihm wehgetan.

Prompt verspannte sie sich. »Es tut mir leid, wenn ich dich in Verlegenheit gebracht habe.«

»Das ist es nicht. Hör mir zu, Savannah. Ich fühle mich wirklich geehrt, dass du mich liebst, aber es wird nicht funktionieren.« Er klang resigniert.

»Bedeute ich dir denn nichts?« Sie war sich seiner Liebe so sicher gewesen.

Er zögerte. »Ich …«

»Wenn du mir jetzt sagst, dass du meine Gefühle nicht erwiderst, werde ich nie wieder ein Wort darüber verlieren.«

Laredo wartete so lange mit der Antwort, dass sie befürchtete, er würde lügen. »Du weißt, was ich für dich empfinde.«

»Ja.« Ja, das wusste sie. Und dass er darauf verwies, ermutigte sie weiterzusprechen. »Wenn wir verheiratet sind …«

»Verheiratet?«, wiederholte er schockiert.

Sie biss sich auf die Lippe. Verflucht, vielleicht war sie nun doch einen Schritt zu weit gegangen. Aber für sie war es bereits so naheliegend. Es war das, was sie sich so sehr wünschte. Eine Zukunft mit ihm.

»Ich dachte … Ich hatte gehofft …«, stammelte sie und errötete.

Laredo stand auf und ging zum Geländer. Sichtlich angespannt, hielt er sich daran fest. »Ich werde dich nicht heiraten, Savannah.«

»Ich verstehe.« Sie versuchte, sich ihre Enttäuschung nicht anmerken zu lassen. »Aber wir müssen ja auch nicht unbedingt heiraten, ich wäre bereit, darauf zu verzichten, wenn …«

Nun wirbelte er herum. »Verdammt, verstehst du denn nicht, was ich sagen will?« Er kniete sich vor sie und sah gequält zu ihr auf. »Es ist nicht so, dass ich dich nicht heiraten will. Ich kann es nicht.«

»Du kannst es nicht? Bist du … bist du schon verheiratet?«

»Nein.«

Erleichtert atmete sie auf.

»Sieh mich an!«, verlangte er. »Ich habe nichts, was ich dir bieten könnte. Glaubst du wirklich, dass ich dich von hier fortbringen würde, von deinem Zuhause, deiner Familie und deinen Freunden, deinen Rosen und allem anderen, damit du in einem Wohnwagen lebst? Das ist nämlich alles, was ich habe – ein lausiger Wohnwagen. Und was wäre mit Grady? Ohne deine Hilfe würde er es nicht schaffen, die Ranch am Laufen zu halten.«

Liebevoll berührte Savannah seine Wange. »Dafür finden wir eine Lösung. Und glaubst du, für mich spielt es eine Rolle, wo wir leben? Einen Garten kann ich mir auch woanders anlegen. Du bist alles, was ich brauche, alles, was ich je brauchen werde.«

Laredo schloss die Augen. »Es tut mir leid, Savannah, aber ich kann nicht.« Er drückte ihre Hand.

»Ich biete dir mein Herz, meine Liebe, mein Leben«, flüsterte sie.

Nun nahm er auch ihre andere Hand, drehte beide Hände um und küsste die Innenflächen. Dann blickte er ihr in die Augen. »Würdest du all das hier für mich aufgeben?«

»Ich würde nichts aufgeben, Laredo. Ich würde viel mehr bekommen.«

***

Als Laredo an diesem Abend auf seinem Bett saß, schwirrte ihm der Kopf. Savannah hatte ihn fast davon überzeugt, dass es eine gemeinsame Zukunft für sie beide gab. Und sie war bereit, so viel dafür zu geben.

Laredo stützte den Kopf in die Hände. Je mehr er darüber nachdachte, desto größer wurde die Aufregung, die ihn durchströmte, und die Hoffnung. Er liebte sie, daran bestand kein Zweifel.

Richard kam in die Blockhütte und warf sich auf das Feldbett, auf dem er einige Male geschlafen hatte. Manchmal schlief er im Haus, und Laredo wünschte, er würde es auch an diesem Tag tun. Anscheinend hing es davon ab, ob Grady da war und es bemerkte. Laredo wusste, dass Savannah ihren kleinen Bruder niemals auffordern würde, die Ranch zu verlassen. Vielleicht glaubte sie, alles wäre wieder so wie früher.

»He, was machen Sie da?«, fragte Richard.

»Nachdenken«, erwiderte Laredo kurz angebunden.

»Sie versuchen also, uns Savannah wegzunehmen.«

Woher wusste Richard das? »Haben Sie damit ein Problem?«, erkundigte Laredo sich misstrauisch.

»Überhaupt nicht.« Richard lächelte scheinbar freundlich. »Solange Sie sie lieben«, fügte er melodramatisch hinzu.

»Das tue ich.« Erst als Laredo die Worte ausgesprochen hatte, wurde ihm klar, dass es ihm nicht schwergefallen war, Richard seine Gefühle zu offenbaren.

»Ist die Liebe nicht etwas Wunderbares?« Richard lehnte sich zurück und blickte zur Decke. »Zumindest am Anfang.«

Laredo ging nicht darauf ein, obwohl er ihm insgeheim zustimmte.

»Savannah ist ein Schatz«, fuhr Richard fort. »Ist Ihnen aufgefallen, wie lange sie für die Party in der Küche gestanden hat? Und wie ich meine Schwester kenne, war sie sogar froh darüber, denn sie hat sich unter vielen Leuten noch nie wohlgefühlt. Keine Ahnung, warum sie so verdammt schüchtern ist.«

Laredo fragte sich, worauf Richard hinauswollte. »Wenn Sie etwas zu sagen haben, dann sagen Sie es«, erklärte er leise.

»Ich?« Richard tat überrascht. »Ich sage nur, dass ich mich für Savannah und Sie freue.«

»Noch ist nichts entschieden.«

Richard drehte den Kopf zur Seite, um Laredo besser ansehen zu können. »Wirklich?«

»Wirklich.«

»Ich weiß, dass sie Sie glücklich machen wird, und wenn erst mal Kinder kommen …«

»Kinder?« In den nächsten Jahren würden sie sich keine Kinder leisten können, obwohl ihm klar war, dass Savannah sich welche wünschte. Ihm ging es genauso, doch er musste sich erst eine Existenz aufbauen.

»Ich würde Ihnen raten, nicht zu lange zu warten. Savannah ist schon über dreißig. Je älter eine Frau ist, desto größer ist das Risiko.« Es klang so, als würde Richard sich damit auskennen. »Was ist mit ihrem Rosengarten?«, fragte er dann. »Wir wissen beide, wie wichtig er ihr ist.«

»Sie hat gesagt, sie könnte sich auch woanders einen Garten anlegen«, erwiderte Laredo geistesabwesend, denn er musste daran denken, was wäre, wenn Savannah etwas passierte. Erst jetzt wurde ihm richtig bewusst, was es bedeutete, wenn man so weit außerhalb der Stadt lebte, ohne Freunde in der Nähe und ohne Nachbarn. Auf der Ranch hatte sie immerhin ihre Brüder und Wiley. Und Promise war nicht halb so weit entfernt, wie die nächste Kleinstadt von seinem Grundstück in Oklahoma.

»Tolle Idee.« Richard setzte sich auf und klopfte mit dem Fuß auf den Boden. »Seien Sie nett zu meiner Schwester, ja?« Dann schlug er die Hände zusammen und lachte. »Ich wette, Sie wollen, dass ich nicht mit Grady darüber rede. Stimmt's?«

Laredo antwortete nicht. Als er schließlich aufsah, war Richard verschwunden. Er hatte ihm in mancher Hinsicht die Augen geöffnet. Savannah zu heiraten, würde für ihn immer ein Traum bleiben. Er konnte sie nicht von hier wegbringen und ihre Gesundheit und ihr Glück aufs Spiel setzen. Einer von ihnen musste vernünftig bleiben, und das war offenbar er.

Er liebte sie, aber für sie gab es keine gemeinsame Zukunft. So bald wie möglich würde er aus ihrem Leben verschwinden.

***

Düstere Gedanken bedrückten Grady, als er eine Woche später auf Starlight saß und die weidende Herde beobachtete. Er machte sich zunehmend Sorgen um Savannah. Sie verhielt sich zwar wie immer, wirkte jedoch alles andere als glücklich.

Obwohl er kein Experte in Herzensangelegenheiten war, lag die Antwort auf der Hand. Irgendetwas war zwischen ihr und Laredo vorgefallen, denn dieser schien genauso unglücklich zu sein.

Grady fühlte sich völlig hilflos, weil er nicht wusste, was er tun sollte. Er hatte sogar überlegt, ob er mit Caroline reden sollte, weil sie ihre beste Freundin war und Savannah vielleicht hätte helfen können.

Wenn er bloß jemanden gehabt hätte, mit dem er über Richard hätte sprechen können! Sich an Cal Patterson, seinen besten Freund, zu wenden, wäre ihm peinlich gewesen. Er wusste nicht, wie es passiert war, aber irgendwie hatte Richard es geschafft, sich wieder bei Cal und Glen einzuschmeicheln.

Bisher hatte Grady sich nicht dazu überwinden können, Richard hinauszuwerfen – entweder wegen Savannahs Fürsprache oder weil er sich ihm gegenüber verpflichtet fühlte. Oder war es sein Familiensinn? Oder Mitleid?

Mittlerweile schlief Richard sogar im Haus. Es hatte alles ganz harmlos begonnen. Zuerst hatte er sein altes Zimmer aufgeräumt und Sachen aussortiert, und nun übernachtete er sogar darin. Zumindest manchmal.

Grady verlagerte sein Gewicht im Sattel. Er hatte einen langen Tag hinter sich und war müde. Gerade als er zur Ranch zurückkehren wollte, sah er einen anderen Reiter auf sich zugaloppieren.

Es war Laredo Smith.

»Gibt es Probleme?«, fragte Grady, als Laredo ihn erreichte.

»Eigentlich nicht.«

»Aber Sie sind doch aus einem bestimmten Grund zu mir gekommen, oder?«

»Stimmt.«

Anscheinend fiel es Smith schwer, mit der Sprache herauszurücken. Er sah noch schlechter aus als Savannah – sein Gesicht war aschfahl.

»Sie hatten recht, Grady«, sagte er ausdruckslos. »Von Anfang an.«

»Inwiefern?«

»Was mich betrifft.«

Das war nicht das, was Grady hatte hören wollen. »Heißt das, Sie haben tatsächlich gestohlen, wie Earl Chesterton vermutet hat?«

»Nein«, erwiderte er schnell.

Grady war erleichtert. Smith hatte sich als fleißiger und geschickter Cowboy erwiesen und war vielleicht sogar der beste, den er bisher gehabt hatte. Dennoch traute

Grady ihm immer noch nicht, besonders was Savannah betraf. Daher hatte er ihm bewusst zu viel abverlangt und war ihm gegenüber oft mürrisch und ungerecht gewesen. Dass Laredo ihn nicht einmal genauso behandelt hatte, hatte ihm Gradys Respekt eingebracht.

»Sie haben behauptet, ich sei nicht gut genug für Savannah«, fügte Laredo hinzu.

Grady runzelte die Stirn. »Was genau läuft denn zwischen Savannah und Ihnen?«

Laredo ignorierte die Frage. »Sie müssen mir einen Gefallen tun.«

»Einverstanden.«

Laredo wirkte überrascht. »Das sind Sie womöglich nicht mehr, wenn ich Ihnen sage, dass es um Geld geht.«

»Wie viel?«

»Sie müssen mir etwas leihen, damit ich die Reparatur für meinen Wagen bezahlen und nach Oklahoma fahren kann.«

»Gibt es einen bestimmten Grund dafür, dass Sie jetzt fahren wollen?«

Smith wandte das Gesicht ab. »Ich habe meine Gründe.«

»Hat es etwas mit meiner Schwester zu tun?«

»Schon möglich.«

»Wenn Sie sie verletzen, werden Sie es bereuen.« Grady vermutete, dass es bereits zu spät war. Savannah hatte ihr Herz schon an diesen Herumtreiber verloren.

»Warum, zum Teufel, brauche ich das Geld wohl so dringend?«, fragte Laredo gereizt. »Je eher ich aus ihrem

Leben verschwinde, desto besser. Ich erwarte nicht, dass Sie mir das Geld einfach so geben. Ich überlasse Ihnen den Fahrzeugschein als Pfand. Einverstanden?«

Grady überlegte, warum Laredo es plötzlich so eilig haben mochte, zu verschwinden. Schließlich seufzte er. Er war nicht sicher, ob er sich in seine Angelegenheiten einmischen konnte.

»Einverstanden?«, wiederholte Laredo ungeduldig.

»Es gibt noch eine andere Möglichkeit.« Nach einer Pause fuhr Grady fort: »Sie könnten hierbleiben. Ich mache Ihnen ein Angebot, und zwar biete ich Ihnen eine Teilhaberschaft an. Soweit ich weiß, wollen Sie Quarter Horses züchten. Das könnten Sie hier genauso gut tun.«

Laredo war sprachlos. »Falls Sie versuchen, mich zu bestechen, kann ich nur sagen, dass Sie damit die tollste Frau beleidigt haben, die ich kenne«, erwiderte er dann.

»Ich versuche nicht, Sie zu bestechen. Ich versuche nur, Ihnen eine Alternative zu bieten.« Grady blickte ihn eindringlich an. »Sie lieben meine Schwester, stimmt's?«

»Dass ich Savannah liebe, hat mit dem Geld nichts zu tun«, erklärte Laredo steif. »Ich kann ihr keine sichere Zukunft bieten. Ich besitze nichts. Auf keinen Fall werde ich von ihr verlangen, dass sie das hier alles aufgibt und unglücklich wird. In einem fremden Bundesstaat, mitten in der Einöde, ohne ihre Freunde, ohne ihre Familie. Und was die Teilhaberschaft betrifft … Da ich kein Eigenkapital habe, wäre es ein Almosen. Und ich nehme keine

Almosen an.« Seine Wut schien jetzt verraucht zu sein. »Geben Sie mir nun das Geld oder nicht?«

»Wenn Sie es wollen …«

»Ich will es.«

»Also gut.« Grady streckte ihm die Hand entgegen. Zum ersten Mal zweifelte er nicht an Laredos Ehrlichkeit. Zum ersten Mal sah er ein, dass seine Schwester sich für einen Mann entschieden hatte, der ihre Liebe verdiente. Einen Mann, den er respektierte. Einen Mann, den er falsch eingeschätzt hatte.

Als Laredo einschlug, hielt Grady seine Hand fest. Wieder bemerkte er den unendlich traurigen Ausdruck in den Augen des Cowboys. »Sind Sie sicher, dass Sie das wollen?«

Laredo nickte. »Ja, ich bin sicher.«

Dann galoppierte er genauso schnell davon, wie er gekommen war.

Grady runzelte die Stirn. Er wünschte, er hätte irgendetwas tun können. Doch weder Savannah noch Laredo würden es gutheißen, wenn er sich in ihr Leben einmischte. Sie mussten ihre Probleme selbst lösen – oder auch nicht.

***

Laredo verglich die Nummer an dem kleinen einstöckigen Haus mit der Adresse auf seinem Handy. Was er vorhatte, war wohl das Feigste, was er bisher getan hatte, doch er hatte keine andere Wahl.

Er stieg aus dem Wagen und ging den schmalen Weg entlang zur Haustür, eine lange, schmale Schachtel unter dem Arm. Nach kurzem Zögern klingelte er, und kurz darauf öffnete Maggie Daniels die Tür. Als sie ihn sah, strahlte sie.

»Hallo, Laredo!«

Caroline, die ihr folgte, wirkte weniger erfreut. »Was machen Sie hier?«

Laredo nahm seinen Hut ab. »Ich möchte Sie um einen Gefallen bitten.«

Dass sie ihn nicht hereinbat, war ihm nur recht, denn er wollte so schnell wie möglich weiterfahren.

»Kommen Sie rein«, sagte sie schließlich doch und öffnete die Fliegentür.

»Danke, aber es dauert nicht lange.« Er hielt ihr die Schachtel entgegen. »Würden Sie die bitte Savannah geben?«

»Können Sie das nicht selbst tun?«

»Nein, Ma'am.«

Caroline machte keine Anstalten, die Schachtel entgegenzunehmen. »Warum nicht?«

»Weil ich sie nicht wiedersehen werde.« Als er die Worte aussprach, empfand er ein schmerzliches Gefühl des Verlusts. Selbst wenn er davon überzeugt war, dass es so das Beste war, machte es das nicht leichter. Er hatte das Geld von Grady bekommen, und nach dem Abendessen hatte Wiley ihn nach Promise gefahren, damit er seinen Wagen abholen konnte. Er hatte sich von allen verabschiedet.

Von allen außer Savannah.

Er hatte ihr nicht in die Augen sehen und so tun können, als würde er sie nicht lieben. Sie hätte darauf bestanden, dass er es ihr ins Gesicht sagte, und dann wäre er nicht mehr in der Lage gewesen, das einzig Richtige zu tun und die Ranch zu verlassen.

»Also, wenn Sie nicht reinkommen wollen, komme ich raus«, sagte Caroline und trat auf die Veranda. Maggie, die einen roten Pyjama trug, folgte ihr.

»Wie gesagt, ich wäre Ihnen sehr dankbar, wenn Sie Savannah das hier von mir geben würden«, wiederholte Laredo.

Caroline lächelte wissend. »Sie lieben sie, stimmt's?«

»Manchmal ist Liebe eben nicht genug.«

Sie verschränkte die Arme und ging zum Geländer. »Meinen Sie nicht, Savannah verdient es, dass Sie ihr das Geschenk selbst geben?«

»Sie verdient sehr viel mehr, als ich ihr je geben kann.«

Nun drehte sie sich wieder zu ihm um und lehnte sich ans Geländer.

»Was ist in der Schachtel, Mommy?«, fragte Maggie mit neugierigem Blick.

»Ein Geschenk für Savannah«, erwiderte ihre Mutter.

»Kann ich mal sehen?«

Laredo öffnete die Schachtel. Als Abschiedsgeschenk und Zeichen seiner Liebe war es nicht viel, aber mehr hatte er sich nicht leisten können. »Es ist ein Tuch.« Er nahm das weiße Seidentuch, das mit Goldfäden durchwirkt war, heraus, um es Maggie zu zeigen.

Caroline seufzte anerkennend. »Es ist perfekt für sie.«

Beinah hätte er gelächelt, denn dasselbe hatte er auch gedacht, als er das Tuch im Schaufenster von Lydias Geschäft gesehen hatte. Er hatte sich nie für einen Romantiker gehalten, doch er hoffte, dass sie seine Liebe spüren würde, wenn sie es trug. Er hoffte, sie würde verstehen, dass er sie immer lieben würde, auch wenn er sie verlassen musste.

»Es ist viel verlangt, ich weiß«, sagte er zu Caroline.

»Nein. Sie verlangen lediglich zu viel von Savannah. Sie müssen es ihr schon selbst geben.«

Laredo schüttelte den Kopf. »Ich kann nicht. Entweder tun Sie es, oder ich schicke es ihr per Post.«

Caroline zögerte. »Soll ich ihr etwas ausrichten?«, fragte sie schließlich.

Wieder schüttelte er den Kopf.

»Gar nichts?« Flehend blickte sie ihn an.

»Sagen Sie ihr …«

»Ja?«

»Sagen Sie ihr ›Danke‹.« Er setzte seinen Hut auf, wandte sich ab und eilte zu seinem Wagen.

Maggie zupfte Caroline am Ärmel. »Wohin geht Laredo?«

»Ich weiß es nicht, Schatz. Laredo!«, rief Caroline ihm hinterher.

Er drehte sich um.

»Wie haben Sie die Reparatur für Ihren Wagen bezahlt?«

Er schwieg.

»Grady hat Ihnen das Geld geliehen, stimmt's?« Sie eilte die Verandatreppe herunter und stemmte die Hände in die Hüften. »Dieser verdammte …«

Laredo stieg in den Wagen und ließ den Motor an. Er musste so schnell wie möglich weg, bevor er es sich anders überlegte.

10. Kapitel

»Was soll das heißen, Laredo ist weg?« Savannah wusste nicht, was Caroline meinte, denn sie hatte Laredo heute schon auf der Ranch gesehen. In der vergangenen Woche hatten sie sich beide bemüht, so zu tun, als wäre nichts gewesen, doch das ging natürlich nicht.

Immer wenn sie daran dachte, wie sie ihm ihr Herz ausgeschüttet hatte, machte sie sich schwere Vorwürfe. Mit ihrer spontanen Liebeserklärung hatte sie ihn und sich in große Verlegenheit gebracht. Andererseits hätte sie ihre Gefühle für ihn auch nicht länger verbergen können.

»Er hat mich gebeten, dir das hier zu geben.« Caroline seufzte bedauernd, als sie ihr die Schachtel überreichte.

»Es ist sehr hübsch!«, fügte Maggie begeistert hinzu.

»Du hast mit ihm gesprochen?« Savannah verspürte einen schmerzhaften Stich. Laredo hatte mit Caroline gesprochen, aber von ihr hatte er sich nicht einmal verabschiedet.

»Er hat auf dem Weg aus der Stadt bei mir vorbeigeschaut und mich gebeten, es dir zu geben.«

Savannah sank auf einen Küchenstuhl und hielt sich den Mund zu, um einen Aufschrei zu unterdrücken. Versuchte zu begreifen, dass er nicht wieder zurückkommen würde.

Sie strich über den Deckel der Schachtel, brachte jedoch nicht den Mut auf, sie zu öffnen. Verzweifelt konzentrierte sie sich darauf, die aufsteigenden Tränen zu unterdrücken.

Sie war am Boden zerstört. Dennoch konnte sie verstehen, dass Laredo so plötzlich gegangen war. Er hatte ihr nicht Lebewohl sagen können. Er liebte sie zu sehr, um sie noch tiefer zu verletzen. Er liebte sie zu sehr, als dass er hätte Nein sagen können, wenn sie ihn gebeten hätte zu bleiben. Und so hatte er das Einzige getan, wozu er imstande war. Er hatte sich fortgestohlen wie ein Dieb in der Nacht. Er hatte ihr das Herz gestohlen und es mitgenommen.

»Ist alles in Ordnung, Savannah?«

Sie nickte, obwohl sie das Gefühl hatte, in ein tiefes, dunkles Loch zu fallen.

Caroline drückte ihr die Hand. »Es tut mir so leid«, flüsterte sie.

Irgendwie schaffte Savannah es, sie anzusehen. Ihr war klar, dass sie ihrer Freundin nichts vormachen konnte.

»Es ist ein Tuch«, platzte Maggie heraus. »Ein hübsches weißes mit goldenen …«

»Maggie!«, sagte Caroline scharf.

Die Kleine senkte den Kopf und biss sich auf die Lippe.

»Ein Tuch … Wie schön!«, brachte Savannah hervor und öffnete Maggie zuliebe die Schachtel. Tatsächlich war das Tuch wohl das schönste, das sie je gesehen hatte. Es war in Seidenpapier eingeschlagen. Behutsam nahm sie es heraus und ließ es durch die Finger gleiten. »Hat er … noch irgendetwas gesagt?«

Caroline zögerte. »Er wollte, dass ich dir danke«, erwiderte sie schließlich.

Es brach ihr das Herz, und trotzdem lächelte Savannah. Auch das verstand sie. Das schlichte Wort bedeutete so viel, und in gewisser Weise war es ihr mehr wert als das schöne Geschenk.

Obwohl er sie verlassen hatte, dankte Laredo ihr dafür, dass sie ihn liebte. Obwohl er genauso plötzlich verschwunden war, wie er in ihr Leben getreten war, wollte er ihr zu verstehen geben, dass ihre Liebe ihn berührt hatte. Er konnte es ihr nicht selbst sagen, also hatte er Caroline darum gebeten.

Die Augen ihrer Freundin funkelten wütend. »Ich begreife nicht, wie er das tun konnte! Er hat sogar zugegeben, dass er dich liebt.«

»Ich weiß.«

»Aber dann hat er gesagt, manchmal wäre Liebe eben nicht genug – was auch immer er damit gemeint hat.« Caroline setzte sich ebenfalls, dann stand sie wieder auf und ging in der Küche auf und ab.

Savannah versuchte nicht, es ihr zu erklären. Laredo hatte offenbar nicht verstanden, dass seine Liebe das Einzige war, was sie je brauchen würde.

Er schien zu glauben, dass eine florierende Ranch, ein luxuriöses Haus und ein Rosengarten sie glücklich machen würden. Und ihre Heimat. Sicher, diese Dinge gaben ihr Sicherheit und Zufriedenheit. Doch Laredos Liebe machte sie glücklich und ihr Leben erst lebenswert. Sie hatte versucht, ihn davon zu überzeugen, dass sie sich durch ihre Liebe zueinander eine neue Existenz aufbauen konnten. Warum nur glaubte er ihr nicht?

»Kann ich rausgehen und mich auf die Schaukel setzen?«, fragte Maggie.

Caroline nickte. »Aber bleib auf der Veranda.«

Nachdem Maggie hinausgelaufen war, machte Caroline Savannah einen starken Kaffee. »Trink das«, wies ihre Freundin sie an. »Du bist kreidebleich.«

Savannah nahm einen Schluck. Erstaunlicherweise weckte der Kaffee ihre Lebensgeister wieder.

Caroline schenkte sich auch eine Tasse ein und setzte sich zu ihr. »Du wirst es wahrscheinlich nicht gern hören, aber ich muss es dir einfach sagen.« Sie atmete tief durch und fuhr dann fort: »Momentan bist du zu verletzt, um zu erkennen, dass nichts ohne Grund geschieht. Doch das ist wirklich wahr.

Als ich damals erfahren habe, dass ich schwanger bin, brach für mich eine Welt zusammen. Ich war jung und unerfahren und entschlossen, mir dadurch nicht mein Leben ruinieren zu lassen. Zuerst dachte ich, der Vater meines Babys würde mich heiraten, aber … na ja, es ging nicht. Da ich bereits beschlossen hatte, es zu behalten, musste ich allein damit fertig werden.«

Es war das erste Mal, dass sie über ihre Schwangerschaft oder über Maggies Vater sprach.

»Als ich meine Schwangerschaft nicht länger leugnen konnte, musste ich es meiner Mutter sagen. Ich dachte, sie würde mich anschreien, aber sie stellte mir nur einige Fragen und nahm mich in den Arm. Dann weinten wir beide.

Ihre Liebe war das, was ich am meisten gebraucht hatte. Obwohl ich es eigentlich nicht wollte, erzählte ich ihr von Maggies Vater und dass ich so dumm gewesen war, zu glauben, er würde mich lieben …« Ihre Stimme bebte, und es dauerte einen Moment, bis sie weitersprechen konnte. »Ich habe einen Fehler gemacht, aber Maggie ist mein ganzes Glück. Ich kann mir ein Leben ohne sie gar nicht vorstellen.«

In diesem Moment flog die Tür auf, und Maggie stürmte in die Küche. Atemlos schmiegte sie sich an ihre Mutter.

Grady folgte ihr einige Sekunden später. Er wirkte frustriert und verwirrt.

»Was hast du diesmal gemacht?«, fragte Caroline.

»Nichts. Ich habe Maggie draußen gesehen und wollte mit ihr reden, aber offensichtlich will sie es nicht.«

Maggie klammerte sich noch mehr an ihre Mutter.

»Es wäre besser gewesen, wenn du sie am Telefon nicht angeschrien hättest.«

»Woher sollte ich denn wissen, dass sie dran war?«, rief er.

»Er schreit schon wieder«, sagte Maggie.

»Erklär ihr, dass es ein Irrtum war, ja?«, bat er Caroline angespannt. »Wenn sie mir eine Chance gibt, bin ich bereit, mich in einen Prinzen zu verwandeln.«

»Ich mag Grady nicht, weil er immer schreit.« Maggie ließ ihre Mutter los und kletterte auf Savannahs Schoß.

»Ich habe ihn auch nicht gerade ins Herz geschlossen.« Caroline funkelte Grady wütend an.

Er stöhnte. »Verdammt, ich verstehe die Frauen nicht! Ich habe seit Tagen nicht mit dir gesprochen. Also, was habe ich dir getan?«

»Das weißt du genau. Du bist wirklich das Letzte.«

»Das ist ja nichts Neues«, erwiderte er in gelangweiltem Ton.

»Was hat Grady getan, Caroline?«, fragte Savannah verwirrt.

Ihre Freundin schlug die langen Beine übereinander und wippte wütend mit dem Fuß. »Ich wollte es dir eigentlich nicht erzählen. Grady hat Laredo das Geld gegeben, damit er die Reparatur bezahlen kann.«

Schockiert blickte Savannah ihn an. Sie konnte nicht fassen, dass ihr eigener Bruder Laredo die überstürzte Abreise ermöglicht, ja, ihn sogar dazu ermutigt hatte. »Grady?«, brachte sie hervor.

»Ich habe ihm das Geld nicht gegeben, sondern geliehen.«

Er hatte sie hintergangen.

Mehr gab es dazu nicht zu sagen.

Wie in Trance stand sie auf und ging nach oben.

»Was habe ich denn so Schreckliches getan?«, rief Grady ihr hinterher. »Sag es mir, Savannah!«

»Lass sie in Ruhe«, wies Caroline ihn wütend zurecht. »Ich kläre dich gern auf!«

***

Grady zögerte es zehn Tage hinaus, mit Caroline über Laredo zu sprechen. Als er sie eines Abends den Winn-Dixie betreten sah, folgte er ihr hinein, denn sie sollte glauben, dass sie sich dort zufällig begegneten.

Er nahm einen Einkaufswagen und folgte ihr in sicherem Abstand in die Obst- und Gemüseabteilung. Da Savannah normalerweise die Lebensmittel einkaufte, ging er nur selten in den Supermarkt.

Vor den zu einer Pyramide aufgestapelten Orangen blieb er stehen und griff nach einer Orange, wobei er Caroline aus den Augenwinkeln beobachtete. Zu seinem Entsetzen stürzte die Pyramide daraufhin ein.

Er versuchte, noch möglichst viele Orangen aufzufangen, doch schließlich gab er es auf und kniete sich hin, um sie aufzuheben.

Alle Kunden in der Obst- und Gemüseabteilung sahen ihn an, und er wollte gerade die Flucht ergreifen, als Caroline sich neben ihn hockte.

»Da hast du ja wieder was Schönes angerichtet, Grady Weston.«

Zusammen sammelten sie die Orangen ein und legten sie auf den Tisch. »Bist du mir aus einem bestimmten Grund gefolgt?«, fragte sie dann geradeheraus.

»War das so offensichtlich?«

»Bewirb dich bloß nicht beim Secret Service.«

Da sie ihn durchschaut hatte, kam er gleich zur Sache. »Hast du Zeit für einen Kaffee?« Damit sie nicht auf falsche Gedanken kam, fügte er schnell hinzu: »Ich mache mir Sorgen um Savannah und würde gern mit jemandem darüber reden.«

Sie warf einen Blick auf die Uhr. »Mit irgendjemandem?«

»Mit dir«, verbesserte er sich.

»Ich muss vorher schnell meine Einkäufe nach Hause bringen und in der Kindertagesstätte anrufen. Danach können wir uns im Bowlingbahn-Café treffen, sagen wir, in einer halben Stunde?«

»In Ordnung. Bis gleich.«

Das zu der Bowlingbahn gehörige Café war eines der besten und auf jeden Fall das preisgünstigste in Promise. Das heutige Tagesgericht war T-Bone-Steak mit Ofenkartoffeln. Allerdings stand Grady momentan nicht der Sinn nach einem Steak.

Caroline war noch nicht zu sehen, daher setzte er sich in eine leere Nische und drehte zwei Kaffeebecher um. Die Kellnerin brachte ihm zwei Speisekarten und lächelte ihn an. »Lange nicht mehr gesehen, Grady.«

»Hallo, Denise. Wie geht es Art und den Kindern?« Vor einer Ewigkeit war er zusammen mit Denise auf der Highschool gewesen. Während er draußen den Rindern hinterherjagte, hatte sie geheiratet, drei Kinder bekommen und hier einen Teilzeitjob angenommen.

»Ich kann nicht klagen. Billy kommt dieses Jahr auf die Junior High.«

Kaum zu glauben, dachte er. Art und Denises ältester

Junge war schon fast im Teenageralter, und Grady war noch nicht einmal verheiratet.

Denise schenkte ihm Kaffee ein. »Möchtest du etwas zu essen bestellen?«

»Ich nicht, aber Caroline vielleicht.«

»Caroline Daniels?« Sie füllte auch den zweiten Becher randvoll.

Er nickte. Der interessierte Ausdruck in ihren Augen gefiel ihm nicht.

»Seid ihr jetzt zusammen?«

Grady wollte es gerade abstreiten, doch in dem Moment tauchte Caroline vor ihnen auf.

»Bestimmt nicht«, erklärte sie, als sie sich hinsetzte. Demonstrativ gab sie Denise die Speisekarte zurück und nahm dann den Zuckerstreuer. »Du wolltest mit mir über Savannah reden«, fügte sie an Grady gewandt hinzu.

»Ja.« Es fiel ihm schwerer, als er gedacht hatte.

»Geht es ihr gut?« Sie lehnte sich zurück, und zum ersten Mal fiel ihm auf, wie blass sie war. Er verkniff sich die Bemerkung, weil er sich nicht wieder mit ihr streiten wollte. Dennoch machte er sich Gedanken darüber.

»Warum bist du in letzter Zeit nicht mehr auf der Ranch gewesen?«, fragte er schließlich unverblümt.

»Ich habe einige Male vorbeigeschaut, als du nicht da warst.«

»Mit Absicht?«

»Nein, es war reiner Zufall. Ich war schon seit Tagen nicht mehr unterwegs, weil gerade die Postinspektoren da sind. Ich hatte selbst viel zu tun, aber zum Glück ist es jetzt vorbei.« Caroline umfasste ihren Becher mit beiden Händen. »Ich habe Savannah jeden Tag angerufen.« Eindringlich sah sie ihn an. »Gibt es irgendetwas, wovon ich nichts weiß?«

»Ja, allerdings betrifft es nicht Savannah.« Unbehaglich wandte Grady den Blick ab. »Zuerst einmal habe ich mich in Laredo Smith getäuscht.«

Sie zog die Augenbrauen hoch, sagte jedoch nichts – noch nicht.

»Ich hätte auf Savannah hören sollen«, fuhr er fort. Es war ihm noch nie leichtgefallen, einen Fehler zuzugeben. »Ich habe einige … falsche Schlüsse gezogen. Deshalb könnte man sagen, Laredo und ich haben einen schlechten Start gehabt.«

»Das solltest du Savannah erzählen, nicht mir.«

»Das habe ich doch!«, erwiderte er aufbrausend und atmete dann tief durch, um sich wieder unter Kontrolle zu bringen. Schließlich fuhr er ruhig fort: »Ich habe es ihr gesagt, aber ich wollte, dass du es auch erfährst.«

»Soll ich dir dafür dankbar sein?«

Grady ignorierte ihren sarkastischen Tonfall. »Laredo hat mich gebeten, ihm Geld zu leihen. Ich wusste natürlich, dass etwas nicht stimmt. Ich wollte nicht, dass er geht, und habe es ihm auch gesagt.«

Das schien sie zu überraschen. »Tatsächlich?«

»Ja, aber es hat nichts genützt. Deswegen habe ich mich bereit erklärt ihm das Geld zu leihen, und er hat darauf bestanden, mir die Papiere für seinen Pick-up als Pfand zu geben. Als er abgereist ist, habe ich mich noch bei ihm für mein Verhalten auf Richards Party entschuldigt.« Er blickte starr in seinen Becher. »Ich habe meine Wut auf Richard an Laredo ausgelassen und mich zum Narren gemacht.«

Caroline widersprach nicht. Das hatte er jedoch auch nicht erwartet.

»Es geht mich zwar nichts an«, fuhr er fort, »aber Laredo hat praktisch zugegeben, dass er Savannah liebt.«

»Das hat er mir gegenüber auch getan.« Bestürzt schüttelte sie den Kopf. »Ich verstehe nur nicht, warum er unbedingt wegwollte. Er wird von der wundervollsten Frau geliebt, der er je begegnen wird, und was tut er? Er lässt sie einfach sitzen. Obwohl er sie genauso sehr liebt. Das ergibt keinen Sinn.«

»Ein Mann hat seinen Stolz, besonders ein Mann wie Smith. Allerdings glaube ich, dass Richard etwas damit zu tun hat.« Es war das erste Mal, dass er diesen Verdacht äußerte, und Grady war gespannt, wie Caroline darauf reagieren würde. Fast rechnete er damit, dass sie ihm vorwerfen würde, er würde Richard an allem die Schuld geben.

»Das traue ich ihm durchaus zu«, erklärte sie schließlich.

Aus lauter Dankbarkeit, dass sie mit ihm einer Meinung war, hätte er sie am liebsten umarmt. Zumindest hätte es Denise ausreichend Anlass zu wilden Spekulationen gegeben.

»Hast du Laredo gefragt, ob Richard irgendetwas zu ihm gesagt hat?«

»Nein«, räumte er widerstrebend ein.

»Und warum nicht?«

»Na ja, weil ich … versucht habe, ihn zum Bleiben zu bewegen.« Schließlich hätte er Smith schlecht zwingen können, seine Schwester zu heiraten. Obwohl er nicht beabsichtigt hatte, es Caroline zu erzählen, fügte er hinzu: »Ich habe ihm eine Teilhaberschaft an der Ranch angeboten. Er muss ziemlich überrascht gewesen sein. Verdammt, ich war ja selbst überrascht!«

Er hatte bereits gewusst, dass Savannah den Cowboy liebte. An dem Tag hatte er erfahren, dass ihre Gefühle auf Gegenseitigkeit beruhten. Sie brauchte Laredo. Und Grady würde alles in seiner Macht Stehende tun, um ihr zu ihrem Glück zu verhelfen.

Caroline wirkte angespannt. »Und was hat er dazu gesagt?«

Er wandte den Blick ab. »Dass er keine Almosen annimmt und ich Savannah und ihn beleidigt hätte. In letzter Zeit mache ich alles falsch! Ich wollte ihm doch nur helfen.« Er nahm seinen Becher. »Zuerst dachte ich, Laredo würde Savannah nicht lieben, aber jetzt denke ich, er liebt sie zu sehr.«

Sie schüttelte energisch den Kopf. »Wenn er hier auftaucht, drehe ich ihm den Hals um.«

Ihre heftige Reaktion erstaunte ihn.

»Dieses Gerede über Ehre und Stolz ist doch idiotisch. Wie geht es eigentlich Savannah?«

»Du hast sie seit einigen Tagen nicht gesehen, oder?«

Caroline nickte. »Warum?«

»Sie hat sich verändert.«

»Natürlich hat sie das! Sie ist wütend und verletzt. Und das kann ich ihr nicht verdenken.«

»Es ist mehr als nur das.«

Nun beugte sie sich zu ihm. »Was soll das heißen?«

Er wusste nicht, wie er es sagen sollte. »Ich habe keine Ahnung, was mit ihr los ist, aber vor zwei Tagen hat sie sich die Haare abgeschnitten!«

»Savannah?«

»Zuerst habe ich sie überhaupt nicht erkannt. Jetzt hat sie einen Pagenkopf.«

Caroline war sprachlos.

»Und gestern habe ich sie in Jeans gesehen.«

»Wie bitte?«

»Ja. Ich wusste nicht einmal, dass sie Jeans hat.«

»Warum tut sie das bloß?«, fragte Caroline verwirrt.

»Ich habe einen Verdacht, und ich mache mir große Sorgen um sie«, gestand Gary. »Heute Morgen stand sie auf der Veranda und sah die Auffahrt hinunter, als würde sie Laredo erwarten. Aber ich glaube nicht, dass er zurückkommt.«

»Das hast du ihr hoffentlich nicht gesagt!«

»Natürlich nicht! Dann sagte sie, Laredo Smith sei ein Narr.«

»Ich bin ganz ihrer Meinung«, bemerkte sie leise.

»Ich glaube, Savannah hat beschlossen, sich einen Mann zu suchen, und ich fürchte, in ihrer derzeitigen Verfassung würde sie jeden nehmen. Womöglich will sie dem Cowboy zeigen, was er verpasst hat.«

»Hat sie denn jemand Bestimmten im Sinn?«

»Nicht dass ich wüsste.«

Caroline runzelte die Stirn. »Bist du ganz sicher, dass sie das vorhat?«

»Nicht ganz, aber es ist ziemlich offensichtlich.«

Plötzlich lachte sie schallend.

»Was ist daran so komisch?«, fragte Grady ärgerlich.

»Du! Wenn Laredo sie nicht heiraten will, soll sie sich doch einen anderen suchen. Irgendwann wird sie schon jemanden finden.«

»In irgendeiner Kneipe?«

»Savannah geht nicht in Kneipen.«

»Das dachte ich auch, aber dann hat Richard …« Er verstummte.

Sofort wurde Caroline wieder ernst. »Was hat Richard?«

»Richard hat ihr angeboten, mit ihr eine Kneipentour zu machen, damit sie Männer kennenlernt.«

»Na toll«, bemerkte sie sarkastisch. »In Bars lernt man die besten Männer kennen. Will sie es tun?«

»Ich weiß es nicht. Ich weiß es wirklich nicht.«

***

Glen Patterson saß vor dem Fernseher, eine Dose Sodawasser in der Hand. Er war mit Elaine zum Abendessen verabredet, aber sie hatte angerufen und gesagt, es würde später werden. Sie machte gerade eine schwere Zeit durch. In dieser Woche hatte er sie zweimal unter irgendeinem

Vorwand besucht. Dabei hatte er von ihr erfahren, dass die Ärzte ihrem Vater John nur noch zwei Wochen gaben.

»Du machst so ein finsteres Gesicht«, bemerkte Cal, als er das Wohnzimmer betrat. Es war nicht so sauber und ordentlich wie zu der Zeit, als ihre Mutter den Haushalt geführt hatte, aber auch nicht so chaotisch wie in einem typischen Junggesellenhaushalt. Seit ihre Eltern sich zur Ruhe gesetzt hatten und in die Stadt gezogen waren, um ein Bed & Breakfast zu eröffnen, kam einmal in der Woche eine Putzhilfe.

»Ich habe nur nachgedacht«, erwiderte Glen.

»Machst du dir Sorgen wegen Elaine?«

»Eigentlich nicht.« Glen spielte seine Besorgnis bewusst herunter.

»Vielleicht solltest du das aber.« Cal setzte sich in den Sessel und streckte die langen Beine aus. »Ich habe gehört, dass Richard Weston ein Auge auf sie geworfen hat.«

»Richard? Er ist harmlos. Na gut, er flirtet gern, aber das weiß Elaine.«

»Bist du eifersüchtig?«

»Warum sollte ich eifersüchtig sein? Elaine und ich sind Freunde, nicht mehr und nicht weniger.«

Cal betrachtete seinen Bruder skeptisch.

»Was ist denn?«, fragte dieser schließlich ärgerlich.

»Männer und Frauen können keine Freunde sein.«

»Falsch. Elaine ist immer wie ein guter Kumpel für mich gewesen.«

Cal faltete die Hände über seinem flachen Bauch. »Es macht dir also nichts aus, dass sie sich mit Richard trifft …«

»Nein, überhaupt nicht«, entgegnete Glen. Vielleicht machte es ihm schon etwas aus, aber aus einem anderen Grund. Er befürchtete, Richard Weston könnte Elaine ausnutzen.

»Du weißt ja, wie Grady über ihn denkt«, meinte Cal.

»Ja, und? Richard hat als Rancher noch nie was getaugt. Es ist sein gutes Recht, ab und zu nach Hause zu kommen, findest du nicht?«

Cal schwieg einen Moment. »Wenn ich du wäre, würde ich Elaine nicht aus den Augen lassen«, sagte er schließlich.

Glen runzelte die Stirn. Sein Bruder war nicht immer so misstrauisch und zynisch gewesen. Vor einigen Jahren war Cal mit Jennifer Healy verlobt gewesen, und sie hatte ihn sitzenlassen. Seitdem war er anders und schien keinerlei Interesse mehr an einer Beziehung zu haben. Und er schien zudem sein Grundvertrauen in die Menschen verloren zu haben.

»Na ja, ich weiß, dass Richard ein echter Mistkerl sein kann«, fügte Cal hinzu. »Wenn du tatsächlich Elaines Freund bist, solltest du sie warnen.«

»Warnen?«, wiederholte Glen verblüfft. Elaine hatte ihren eigenen Kopf und würde es sich bestimmt nicht bieten lassen, wenn er sich in ihre Angelegenheiten einmischte.

Jedenfalls sah er in Richard keine Bedrohung. Ein Ärgernis, ja, aber keine Bedrohung.

11. Kapitel

Als Savannah nach Bitter End fuhr, dachte sie darüber nach, dass ihre Brüder sich Sorgen um sie machten. Alle waren entsetzt darüber gewesen, dass sie sich die Haare abgeschnitten hatte, sie selbst am meisten, als sie ihr Spiegelbild daraufhin zum ersten Mal begutachtet hatte. Es war ein spontaner Entschluss gewesen.

Sie hatte sich wie jeden Morgen das Gesicht gewaschen und sich anschließend kritisch im Spiegel betrachtet. Dabei wurde ihr bewusst, wie gewöhnlich sie aussah, und sie nahm sich vor, etwas zu verändern. Doch erst als sie sich das lange blonde Haar bürstete, kam sie auf die Idee, es abzuschneiden, und griff kurzerhand zur Schere.

Als Grady und Wiley zum Frühstück in die Küche kamen, blieben sie wie erstarrt stehen. Ihr Bruder sah sie an, als wäre sie eine Fremde, und sie konnte es ihm nicht verdenken. Schließlich fühlte sie sich auch so.

Er verlor allerdings kein Wort darüber, was typisch für ihn war. Wiley hingegen konnte sich eine Bemerkung nicht verkneifen. Er sagte, es gefalle ihm, sodass Grady sich genötigt fühlte, ihm zuzustimmen.

Allmählich fand sie tatsächlich Gefallen an ihrem neuen Look, und so ergab es sich von selbst, dass sie noch mehr veränderte. Die langen Kleider hatte sie aus Bequemlichkeit und aus Gewohnheit getragen. Die Jeans stammten aus ihrer Highschool-Zeit und passten erstaunlicherweise immer noch.

Richard hatte sie mit Komplimenten überhäuft, und Savannah musste ihm zugute halten, dass es sie richtig aufmunterte. Sie machte sich nach wie vor Sorgen um ihren kleinen Bruder, doch er versicherte ihr immer wieder, dass seine Abfindung bald eintreffen würde. Am meisten überraschte sie allerdings Grady. Es schien, als hätte er Richard vergessen, und dieser war clever genug, ihm aus dem Weg zu gehen. Stattdessen verbrachte Richard die Abende in der Stadt, und an den vergangenen Nachmittagen hatte er ihr auf der Veranda Gesellschaft geleistet. Einige Male hatte er sie aufgefordert, ihn in die Stadt zu begleiten, um sie, wie er es ausdrückte, ein wenig auf andere Gedanken zu bringen. Offenbar glaubte er, sie müsste nur einen anderen Mann kennenlernen, damit sie Laredo vergessen konnte.

Obwohl sie seine Bemühungen zu schätzen wusste, war sie nicht bereit für eine neue Liebe – falls sie es überhaupt je sein würde. Sobald sie sich damit abgefunden hatte, dass Laredo aus ihrem Leben verschwunden war, würde sie so weiterleben wie vorher.

Allerdings war das leichter gesagt als getan.

Savannah verstärkte den Griff um das Lenkrad, als sie einen besonders unebenen Wegabschnitt erreichte. Sie kehrte nicht wegen der Rosen nach Bitter End zurück, denn sie hatte ja bereits festgestellt, dass es dort keine mehr gab. Es war vielmehr ein innerer Drang, den sie sich nicht erklären konnte. Aus irgendeinem unerfindlichen Grund fühlte sie sich von dieser toten Stadt angezogen.

Seltsamerweise schien der Pick-up den Weg fast wie von allein zu finden, und nachdem sie den Wagen an derselben Stelle abgestellt hatte wie beim letzten Mal, ging sie das restliche Stück zu Fuß.

Als sie sich der Stadt näherte, erinnerte sie sich unwillkürlich an die Fahrt mit Laredo. In den vergangenen Wochen war es ihr meistens gelungen, ihn aus ihren Gedanken zu verbannen. Schließlich hatte es keinen Sinn, sich den Kopf darüber zu zerbrechen, was gewesen wäre, wenn.

Zumindest sagte ihr das ihr Verstand. Dabei ertrug sie die Erinnerungen einfach nicht – sie schmerzten zu sehr.

Caroline machte sich auch Sorgen um sie und rief sie häufig unter irgendeinem Vorwand an. Noch immer kam sie nur selten auf die Ranch, doch sie vermutete, dass der Grund dafür Grady war und sein Talent, Maggie Angst einzujagen.

Als Savannah den Felsvorsprung erreichte, kam Bitter End in Sicht. Von hier aus wirkte die Stadt beinah idyllisch friedlich, sodass Savannah sich fragte, ob Laredo und sie sich die bedrückende Atmosphäre nur eingebildet hatten.

Als sie jedoch an der Kirche vorbei- und die Hauptstraße entlangging, empfand sie wieder genauso. Das Gefühl überwältigte sie, aber sie wehrte sich dagegen. Sie würde nicht weglaufen.

Diesmal nicht.

Langsam setzte sie ihren Weg fort. Die hölzernen Bürgersteige befanden sich gut einen Meter über dem Boden und hatten Geländer. Sie beschloss, diesmal dort entlangzugehen und sich einige Häuser von innen anzusehen.

In dem Moment hörte sie den klagenden Schrei eines Vogels, der in der Stille widerhallte. Dann kam Wind auf, und Steppenläufer wehten die unbefestigte Straße entlang. Sie blieb stehen und blickte sich um. Dabei stellte sie fest, dass irgendetwas anders war als bei ihren letzten Besuchen.

»Der Schaukelstuhl«, sagte sie laut. Sie war ganz sicher, dass sie letztes Mal keinen Schaukelstuhl gesehen hatte. Doch jetzt stand einer vor dem Lebensmittelgeschäft und wiegte im Wind vor und zurück. Das Herz klopfte ihr bis zum Hals, und sie bekam eine Gänsehaut.

Entschlossen, ihrer Angst nicht nachzugeben, ging Savannah weiter.

In dem Moment wurde ihr klar, warum sie nach Bitter End zurückgekehrt war. Sie blickte die öde Straße entlang und sah nichts außer Wüstenläufern und Staub.

Die Straße war trist und leer. Sogar das Land war unfruchtbar.

Diese Stadt spiegelte ihr Leben wider. Sie lebte zurückgezogen auf einer Ranch, zusammen mit ihren unverheirateten Brüdern. Ihr ganzes Leben drehte sich um die beiden.

Grady und Richard akzeptierten ihre Leidenschaft für Rosen und ihren Versandhandel, doch keiner von ihnen hatte sie je darin bestärkt. Grady sorgte sich um sie, aber er hatte weder die Zeit noch die Energie, um auf sie oder ihre Wünsche einzugehen. Und Richard hatte aus Prinzip immer nur seine eigenen Interessen verfolgt.

Bis sie Laredo kennengelernt hatte, war ihr Leben leer gewesen. Savannah lächelte in sich hinein. Es schien so, als hätte die gemeinsame Zeit mit Laredo ihr Leben in zwei Abschnitte unterteilt.

Komisch, dass sie ausgerechnet jetzt lächeln musste!

In diesem Moment übermannte sie eine starke innere Unruhe, und ihr wurde bewusst, dass es nicht gut gewesen war, ihren Kummer zu unterdrücken. Seit Wochen hatte sie Kopfschmerzen und fühlte sich lustlos und unmotiviert. Seit Wochen versuchte ihr Körper ihr zu sagen, was der Besuch in Bitter End ihr gerade vor Augen führte.

Gegenüber vom Hotel befand sich ein kleiner Korral, daneben ein Felsen. Savannah ging dorthin und setzte sich auf den großen Stein, um nachzudenken.

Dabei erinnerte sie sich an etwas, das sie längst vergessen zu haben glaubte. Sie war knapp zehn gewesen, als ihr Vater von seinem Pferd abgeworfen worden war. Obwohl er sich das Bein gebrochen hatte, war es ihm gelungen, wegzukriechen und sich vor schwereren Verletzungen zu retten.

Ihre Mutter war aschfahl gewesen und zu ihm geeilt. Dann hatte sie ihn ins Krankenhaus gefahren. Er hatte jedoch gelächelt und ihr versichert, die Schmerzen würden ihm zeigen, dass er noch am Leben war.

Genauso ging es Savannah jetzt. Sie war am Leben. Sie konnte immer noch lieben. Das hatte Laredo ihr bewiesen – und so viel mehr. Zum ersten Mal seit langer Zeit erkannte sie, wie sich Liebe anfühlte und wie viel Liebe sie geben konnte.

Ihre Augen füllten sich mit Tränen, aber es waren andere Tränen als die, die sie in den vergangenen Wochen vergossen hatte.

Sie hatte endlich ihren inneren Frieden gefunden.

***

Schon als Savannah aus dem Wagen stieg, bemerkte Grady, dass sie sich verändert hatte. Sie wirkte plötzlich viel ausgeglichener.

Er konnte sich denken, wo sie gewesen war, und es gefiel ihm überhaupt nicht. Ein halbes Dutzend Mal hatte er überlegt, ob er ihr hinterherfahren sollte, es dann aber nicht getan.

Sie folgte ihm in die Küche und setzte Wasser auf. »Von nun an wird es mir gutgehen«, erklärte sie.

Grady wusste nicht, was er dazu sagen sollte. Eigentlich hatte er mit ihr über sein letztes Gespräch mit Laredo reden und sie trösten wollen, doch er befürchtete, dass er damit alles nur noch schlimmer machen würde.

»Ich werde nicht wieder hinfahren«, fuhr sie fort, während sie die Teekanne aus dem Regal nahm.

»Gut«, meinte er nur.

»Möchtest du eine Tasse Tee?«

Da sie wusste, dass er lieber starken schwarzen Kaffee trank, vermutete er, dass es sich mehr um eine Versöhnungsgeste handelte. »Ja, gern«, erwiderte er deshalb.

Savannah lächelte und nahm noch eine Tasse aus dem Regal.

In den darauffolgenden Tagen wurde es noch offensichtlicher, dass sie sich verändert hatte. Sie hatte wieder Farbe bekommen, summte wieder vor sich hin und backte Gradys Lieblingskekse. Trotzdem war sie nicht mehr die Savannah, die er von früher kannte.

Schon immer war seine Schwester für Menschen eingetreten, an die sie glaubte. Jetzt glaubte sie aber endlich auch an sich. Sobald sie ihren Katalog verschickt hatte und ihr Onlineshop fertig war, gingen aus dem ganzen Land so viele Bestellungen ein, dass sie selbst überrascht war. Schon bald war sie als Expertin für alte Rosen bekannt und erhielt zwei Auszeichnungen. Zuerst verlieh die Texas Rose Society ihr den Großen Preis für eine ihrer Züchtungen, die sie »Laredo's Legacy« genannt hatte, am nächsten Tag bat man sie, im kommenden Jahr eine Rede auf dem Rosenfestival in der texanischen Stadt Tyler zu halten, die in der ganzen Welt als Rosenhauptstadt galt. Da es ihr ein Gräuel war, in der Öffentlichkeit zu sprechen, vermutete Grady, dass Savannah ablehnen würde, doch zu seiner Überraschung sagte sie zu.

Er war nicht der Einzige, dem diese Veränderungen auffielen. Caroline bemerkte es auch, und sogar Richard gab einen bewundernden Kommentar dazu ab. Grady war sehr stolz auf sie, und um es ihr zu zeigen, hatte er ein Exemplar ihrer preisgekrönten Rose »Laredo's Legacy« gekauft und zusammen mit Savannah auf das Grab ihrer Eltern gepflanzt. Vor Rührung hatte sie Tränen in den Augen gehabt.

Seine Schwester war vermutlich die unglaublichste Frau, der er je begegnet war. Wieso hatte er nur so lange gebraucht, um das zu erkennen!

12. Kapitel

Leise vor sich hin summend, kontrollierte Savannah ein letztes Mal, ob im Wohnzimmer alles an seinem Platz war. Laredo war jetzt mehr als sechs Wochen fort, und inzwischen wartete sie nicht mehr darauf, dass er zurückkehrte. Ihr Leben verlief wieder in ruhigen Bahnen, und das Glück, das sie mit ihm gefunden hatte, würde immer ein Teil von ihr sein.

Heute war sie an der Reihe, Gastgeberin für die Frauen aus der Kirchengemeinde zu spielen, und sie war ziemlich nervös. Bald würden zwanzig Damen im Wohnzimmer versammelt sein, um ein Gemeindeessen zu planen.

Sie hatte bereits einige Apfelkuchen gebacken und für Grady einen Kuchen mit Zitronenfüllung. Im ganzen Haus duftete es köstlich nach Zimt, Muskat und Zitrone.

»Kommt Caroline?«, fragte Grady, als er die Küche betrat. Als er von dem Kuchen naschen wollte, schlug sie ihm auf die Hand.

»Du bekommst später ein Stück. Ja, Caroline kommt.«

»Und Maggie?«

Savannah brachte den Kuchen in Sicherheit. »Lydia Boyd passt auf sie auf.«

»Lydia?« Er klang beinah enttäuscht. »Sie könnte ihre …«

»Großmutter sein«, ergänzte sie. »Carolines Mutter und Lydia waren befreundet, und deswegen springt Lydia ab und zu gern als Ersatzgroßmutter ein. Warum interessiert es dich?«

Grady zuckte mit den Schultern und verließ die Küche. Sie hatte keine Zeit, sich Gedanken darüber zu machen, denn wenn sie in der Küche fertig war, musste sie noch duschen und sich umziehen.

Zwei Stunden später saßen die Frauen in fröhlicher Runde im Wohnzimmer zusammen. Savannah verteilte Kopien von ihrem Apfelkuchenrezept und schenkte Kaffee nach. Sie scherzte gerade mit Millie Greenville aus dem Blumengeschäft, als es plötzlich ganz still im Raum wurde. Dann stellte sie fest, dass alle in ihre Richtung blickten.

Sie drehte sich um und erstarrte.

Auf der Türschwelle stand Laredo, seinen Stetson in der Hand. Ihm schien äußerst unbehaglich zumute zu sein.

»Hallo, Savannah«, sagte er.

Sie war sprachlos. Er wirkte ziemlich erschöpft und war trotz seiner Bräune blass um die Nase. Trotzdem hatte sie noch nie einen attraktiveren Mann gesehen.

Auch er konnte den Blick nicht von ihr wenden.

»Der Zeitpunkt ist offenbar ungünstig.« Er ließ kurz den Blick durchs Wohnzimmer schweifen. Alle Frauen betrachteten ihn neugierig.

»Im Gegenteil«, widersprach Caroline und sprang auf. »Bestimmt haben Sie Appetit auf ein Stück von Savannahs Apfelkuchen. Setzen Sie sich, dann bringe ich Ihnen eins. Savannah schenkt Ihnen inzwischen Kaffee ein.«

Nell Bishop und Elaine Frasier, die auf dem Sofa saßen, rückten auseinander, während Savannah immer noch regungslos dastand, unfähig, einen klaren Gedanken zu fassen.

Verlegen nahm Laredo zwischen den beiden Frauen Platz.

Caroline servierte ihm ein großes Stück Apfelkuchen. »Möchten Sie Savannah sagen, warum Sie gekommen sind?«, erkundigte sie sich.

Alle schauten ihn an und warteten gebannt auf seine Antwort. Er schluckte. »Ich bin gekommen, um Savannah zu bitten, meine Frau zu werden.«

Savannah stellte die silberne Kaffeekanne auf das Tablett, während sich allgemeines Gemurmel erhob. Ihr Herz raste, und alles erschien ihr seltsam unwirklich.

Genau in dem Moment stürzte Grady herein. »Ist das Laredos Wagen mit dem Pferdeanhänger …?« Er verstummte unvermittelt, als er feststellte, dass das Wohnzimmer voller Frauen war.

»Ich glaube schon.« Caroline deutete auf Laredo.

Dieser sprang auf und sah Grady sichtlich erleichtert an.

»Was machen Sie hier?«, fragte Grady.

»Ich bin hergekommen, um Ihre Schwester zu bitten,

mich zu heiraten«, erklärte Laredo mit einem herausfordernden Unterton.

Wieder erhob sich allgemeines Gemurmel.

Dann stand Edwina Moorhouse auf und deutete auf Laredo. »Also gut, junger Mann, sagen Sie mir, warum Savannah Sie heiraten sollte.«

Laredo wurde rot. »Ich liebe sie.«

»Das tun wir auch alle.« Ihre Schwester Lily erhob sich ebenfalls.

»Und wir werden nicht zulassen, dass irgendein Fremder sie entführt«, ließ Millie Greenville sich vernehmen.

»Deswegen … bin ich auch gegangen«, erklärte er stockend. »Ich wollte Savannah nicht ihr Zuhause und ihre Familie wegnehmen.«

»Und was hat sich geändert?«

Er deutete mit einem Nicken auf Grady. »Ich habe beschlossen, Gradys Angebot anzunehmen.«

»Welches Angebot?« Savannah wandte sich ihrem Bruder zu.

Dieser befand sich gerade auf dem Weg in die Küche. »Vielleicht sollten wir später darüber reden. Unter vier Augen«, fügte er hinzu.

»Wir sollten allmählich gehen«, bemerkte Caroline.

Alle Frauen griffen zu ihren Handtaschen, doch Edwina hielt sie zurück.

»Erst will ich Savannahs Antwort hören. Liebst du diesen Mann?«, fragte sie.

Savannah nickte.

»Willst du ihn heiraten?«

Wieder nickte sie.

Nun begannen alle durcheinanderzureden. Es klang verdächtig danach, dass die Frauen bereits begeistert Hochzeitspläne schmiedeten.

Laredo blickte Savannah in die Augen, und sie vergaß alles um sich herum. Sie spürte seine Liebe und sah ihm an, wie einsam er ohne sie gewesen war. Sie wusste, dass er genauso darunter gelitten hatte wie sie und mit sich gekämpft hatte. Doch seine Liebe, ihre Liebe, war stärker gewesen.

»Ich glaube, wir sollten jetzt gehen, stimmt's, Ladys?«, meinte Caroline, und alle standen eilig auf.

Das Wohnzimmer leerte sich schneller, als Savannah es für möglich gehalten hätte. In weniger als einer Minute waren alle aus der Tür, und kurz darauf hörte sie, wie draußen die Wagen wegfuhren.

»Du hast deine Haare abgeschnitten«, sagte Laredo, als sie allein waren. Er hatte sich auch erhoben und stand nun einige Meter von ihr entfernt, den Stetson hielt er in beiden Händen.

Savannah fuhr mit den Fingern durch ihr Haar.

»Es sieht wundervoll aus«, meinte er leise. Dann verbesserte er sich: »Du siehst wundervoll aus. Du bist noch schöner als zuvor. Das hätte ich nicht für möglich gehalten.«

»Du siehst auch wundervoll aus.« Sie lächelte. »Was ist passiert?«, fügte sie unvermittelt hinzu. »Warum bist du gegangen?«

»Hauptsächlich, weil ich zu stolz war. Und aus Angst.«

»Aus Angst?«

»Meine Mutter meinte, ich wäre ein Narr«, gestand er. »Ich habe mein Land in Oklahoma verkauft und Renegade mitgebracht. Wenn du einverstanden bist, würde ich gern Gradys Angebot annehmen und euer Teilhaber werden. Renegade ist mein Beitrag, und bald wird es hier die besten Quarter Horses im ganzen Land geben, das verspreche ich dir. Ich kann dir nicht viel bieten – nicht annähernd so viel, wie du verdienst –, aber ich liebe dich, Savannah.« Er machte einen Schritt auf sie zu. »Wie sehr, wurde mir erst klar, als ich nach Oklahoma kam. Mein Land war da, mein Traum, aber ohne dich hat es mir nichts bedeutet.«

»Ich dachte, mein Leben wäre vorbei, als du mich verlassen hast«, flüsterte sie. »Du hast dich nicht einmal von mir verabschiedet.«

»Das hätte ich niemals gekonnt. Aber ich schwöre dir, dass ich dich nie wieder verlassen werde. Mom hat recht – ich bin ihr viel zu ähnlich. Ich werde nur einmal in meinem Leben jemanden lieben, und wenn ich dich gehen lasse, wird es keine zweite Chance für mich geben. Ich konnte dich nicht bitten zu warten, aber jetzt ist mir klar, dass ich auch nicht warten konnte. Ich liebe dich zu sehr.«

»Ich liebe dich auch, so sehr ... Warum stehst du eigentlich so weit weg?«

Laredo kam zu ihr und zog sie an sich. Es war himmlisch, seine Lippen auf ihren zu spüren, so warm und so verlangend. Mit seinem Kuss gab er ihr zu verstehen, wie sehr er sie begehrte, wie sehr er sie brauchte und wie sehr er sie liebte.

Die Hand auf seiner Brust, spürte Savannah seinen Herzschlag, während sie sich an ihn schmiegte und seinen Kuss genauso leidenschaftlich erwiderte. Sie war überglücklich.

»Kinder?«, brachte sie zwischen zwei Küssen hervor.

»So viele du willst. Und du musst unbedingt meine Mutter kennenlernen. Sie liebt dich schon jetzt.« Er umarmte sie noch fester.

Hinter ihnen räusperte Grady sich vernehmlich. »Es ist also alles entschieden?«

Laredo legte Savannah den Arm um die Taille. »Wir heiraten so bald wie möglich.«

»Gut. Ich nehme an, dass das Pferd im Anhänger Renegade ist.«

Laredo nickte. »Ich mache von Ihrem Angebot Gebrauch, Grady, aber ich möchte klarstellen, dass ich nichts geschenkt haben will. Ich bin einzig und allein wegen Savannah zurückgekommen. Verstanden?«

Grady machte eine abwehrende Geste und lächelte breit. »Verstanden.«

In diesem Moment betrat Richard das Wohnzimmer, die Gitarre über der Schulter. »Habe ich richtig gehört? Es gibt eine Hochzeit in unserer Familie? Na, besser spät als gar nicht.«